妖怪《ようかい》一家 九十九《つくも》さん

遊《ゆう》園《えん》地《ち》の妖《よう》怪《かい》一家

富安陽子・作　山村浩二・絵

［登場人物紹介《しょうかい》］

化野原《アダシノハラ》団地《だんち》に人間たちにまじって暮《く》らしはじめた九十九《つくも》さんちの七人家族

おばあちゃん

［やまんば］太った人間を見るとついよだれが出て…。

おじいちゃん

［見越《みこ》し入道《にゅうどう》］むくむく小山のように大きくなります。

ママ

［ろくろっ首《くび》］ロープのようになが―くのびる首《くび》が自慢《じまん》。

長男・ハジメくん

［一つ目小僧《こぞう》］一つしかない目は、すばらしくよく見える千里眼《せんりがん》。

パパ

［ヌラリヒョン］ヌラリとあらわれ、ヒョンと消えて瞬間《しゅんかん》移動《いどう》可能《かのう》。

次男・マアくん

［アマノジャク］力持ちで、足の速さはスポーツカーなみ。

長女・さっちゃん

［サトリ］人の心をなんでもさとってしまう女の子。

［登場人物紹介《しょうかい》］

九十九《つくも》一家を助けてくれる人間たち

野中《のなか》さん

ヌラリヒョンパパが勤《つと》める市役所の地域共生《ちいききょうせい》課《か》の上司《じょうし》。もともと居場所《いばしょ》を失《うしな》った七人の妖《よう》怪《かい》たちに、家族となって団地《だんち》に住まないかとすすめた人。

女神《めがみ》さん

地域共生課《ちいききょうせいか》のスタッフ。妖怪《ようかい》おたくなので、ヌラリヒョンパパといっしょに仕事ができるのがうれしくてしょうがない。

遊《ゆう》園《えん》地《ち》の妖怪一家

一

「おい。まだ着かんのか？」

見越《みこ》し入道《にゅうどう》のおじいちゃんが、町中《まちなか》を走る車の中で言いました。

「ねえ、見て！　映画館《えいがかん》があったわよ。ちょっと映画館によっていくっていうのはどう？」

車の窓《まど》にへばりつくようにして、夕暮《ゆうぐ》れの町をながめている、やまんばおばあちゃんが言いました。おじいちゃんとおばあちゃんのまん中の席に座《すわ》っていたろくろっ首《くび》ママは、遠慮《えんりょ》がちな様子で言いました。

「やっぱり、お弁当《べんとう》を持ってきたほうがよかったんじゃないかしら。せっかく遊園地《ゆうえんち》へ行くんですもの……」

　すると、三列目のシートに座っていた三人の子どもたちが口ぐちに言いだしました。

「おれ、ジェットコースターに乗るぞ！」と、アマノジャクのマアくん。

「あたし、メリーゴーランドがいい」と、サトリのさっちゃん。

「ゲームコーナーもあるかなぁ……」と、一つ目小僧《こぞう》のハジメくん。

　七人乗りのバンを運転する野中《のなか》さんの隣《となり》の、助手席《じょしゅせき》から、ヌラリヒョンパパが車内をふり返って言いました。

「こら、こら、みんな、わかってるね？　今日は遊びに行くんじゃないんだよ。妖怪調査《ようかいちょうさ》の仕事《しごと》なんだからね。いくら行き先が遊園地だからって、はしゃぐんじゃないよ」

　ヌラリヒョンパパの言葉《ことば》に、ハンドルをにぎる野中さんが、ほほえみながらうなずきました。

「いやあ、思いがけず妖怪《ようかい》一家のご家族全員に協力《きょうりょく》していただけることになって、心強いですよ。なにせ、今回の妖怪情報《じょうほう》は、実につかみどころがないというか、奇妙《きみょう》というか……。おまけに出現《しゅつげん》場所が遊園地《ゆうえんち》ですからねぇ……。範囲《はんい》が広いし、人も多いし、とても、ヌラリヒョンさんと二人きりでは調査《ちょうさ》しきれなかっただろうと思いますよ」

野中《のなか》さんというのは、市役所の地域共生課《ちいききょうせいか》のお役人です。地域共生課というのはつまり、同じ地域でみんながいっしょに仲良《なかよ》く生活していくためのお手伝《てつだ》いをする課《か》……ということなのですが、野中さんが担当《たんとう》している〝みんな〟というのはおもに、人間の町で暮《く》らす妖怪たちなのでした。

今、野中さんの運転する車に乗っている九十九《つくも》さん一家の七人も全員が妖怪ですが、暮らしているのは、化野原団地《アダシノハラだんち》という人間の団地のマンションの地下です。おまけに、ヌラリヒョンパパは、野中さんにスカウトされ、なんとお役所勤《づと》めをして、地域共生課で働《はたら》いているのです。やっぱり、妖怪のことは妖怪のプロにまかせるのがいちばんですからね。

そして今日《きょう》、野中《のなか》さんは、九十九《つくも》さん一家七人を車にのっけて、別の市から頼《たの》まれた妖怪調査《ようかいちょうさ》のために、ファンタジー・パークという遊園地《ゆうえんち》を目指しているところでした。

え？　七人乗りのバンに、妖怪家族の七人と運転手の野中さんが乗ったら、定員オーバーだろう、ですって？

いえいえ。車の定員を数える場合、十二歳未満《さいみまん》の子どもというのは、三人で二人分と数えることになっているんです。まあ、本当のところを言えば、九十九さんちの三きょうだいは、見た目こそ子どものようですが、実はもう百年以《い》上《じょう》も年を経《へ》た妖怪なんですけれどね。でも、それなら、そもそも、妖怪を一人と数えるのかどうかさえ問題になってきます。だから、このさい、車の定員のことは気にしないことにしましょう。

さて、ところで、ヌラリヒョンパパの仕事に、いつも家族がついて来るというわけではありません。それどころか、九十九さんちのみんなが勢《せい》ぞろいして、パパの仕事にくっついて来るのは、これが初《はじ》めてのことでした。

つい二日前、ヌラリヒョンパパは食卓《しょくたく》を囲《かこ》む家族に、ファンタジー・パークのおかしな出来事《できごと》について話してきかせました。

「遊園地の中を、怪《あや》しいやつがうろついているらしいんだよ。それも、日が暮《く》れてナイター営業《えいぎょう》の時間になると、暗《くら》い遊園地のあちこちに現《あら》われるらしい。もう何人も、目撃者《もくげきしゃ》がいるんだけどね。不思議《ふしぎ》なのは、みんな言うことがバラバラってことなんだよ」

「バラバラって、どういうふうに？」と一つ目小僧《こぞう》のハジメくんが質問《しつもん》しました。

パパが答えます。

「ある人は、観覧車《かんらんしゃ》のボックスの中に、緑色のクマのぬいぐるみが出たっていうし、またある人はぐるぐる回るコーヒーカップにピンクのウサギのぬいぐるみが乗ってるのを見たっていうし、またある人は、ジェットコースターの前の席に変身《へんしん》ロボットが乗ってたって言うのさ」

「変身ロボットって、テレビに出てくるみたいなやつ？　でかいやつか？」

アマノジャクのマアくんが、目を輝《かがや》かせてたずねました。パパは大きな頭をちょっとかしげ、肩《かた》をすくめてみせました。

「ジェットコースターにのっかれるぐらいのサイズだったらしいよ。人間の大人くらいのね。でも、細かい特徴《とくちょう》まではわかっていないようだ。なにせ、そいつは、コースターが空に向かってゆっくり上がっていくレールのてっぺんにたどり着いた瞬間《しゅんかん》、急に前の席に姿《すがた》を現《あら》わしたんだそうだ。そして、先頭でブルブルふるえていた男の子の横に座《すわ》り、駆《か》け下《お》りるコースターの中で、両手を空に上げてはしゃいでいたそうだが、ジェットコースターが終点にたどり着いた時には、もう姿を消していたっていうからね。どんなロボットなのか、ゆっくり観察《かんさつ》してる暇《ひま》なんてなかったのも無理《むり》ないさ」

7

「緑のクマに、ピンクのウサギに、変身《へんしん》ロボット？　へんな話ねぇ。それって、ほんとに妖怪《ようかい》がらみなの？」

やまんばのおばあちゃんは、ろくろっ首《くび》ママがカラリと揚《あ》げた小アジの唐揚《からあ》げを頭からバリバリかじりながら言いました。

「遊園地《ゆうえんち》の関係者《かんけいしゃ》はみんな、そんな緑のクマやピンクのウサギや変身ロボットなんて知らないって言っているからね。そいつらが、遊園地の用意したアトラクションではないということははっきりしているんですよ。しかし、妖怪がらみの事件かどうかは今のところ不明《ふめい》です。それを、これから調査《ちょうさ》しに行くんだから……」

ヌラリヒョンパパが、おばあちゃんに答えると、とつぜん、見越《みこ》し入道《にゅうどう》のおじいちゃんが言いました。

「わしも、連《つ》れて行けい」

パパが何か言い返すより早く、アマノジャクのママアくんが、

「ぼくも！　ぼくも！　ぼくも！　ぼくも！」と叫《さけ》びました。

「あたしも行きたいわ。遊園地って、すっごくおもしろい所なんでしょ？」

やまんばおばあちゃんが言うと、他の家族も口ぐちに「遊園地に行ってみたい」と言いだしたのです。

もちろん、ヌラリヒョンパパは最初《さいしょ》、みんなの言うことをまともにとりあう気などなかったのですが、そのうちに「いや、まてよ」と考えました。

お客さんのいっぱいいいる広い遊園地の中で、正体《しょうたい》もわからない相手の手がかりを探《さが》すのは、大変《たいへん》です。ひょっとすると、みんなが協力《きょうりょく》してくれれば、調査《ちょうさ》がうまくいくのではないだろうか……とパパはうっかり思ってしまったわけです。

だって、ハジメくんは、なんでもよく見える千里眼《せんりがん》を持っていましたし、サトリのさっちゃんは、どんなものの心の中もたちどころに悟《さと》ることができます。もし怪《あや》しいやつが人間の中に紛《まぎ》れていても、さっちゃんなら、そいつの正体を見ぬけるかもしれません。アマノジャクのマアくんはスーパーカーなみの俊足《しゅんそく》とフォークリフトなみのパワーを持っていましたし、見越《みこ》し入道《にゅうどう》おじいちゃんはアッという間に巨大化《きょだいか》することができるのですから、この二人がいれば、いざという時も安心です。たとえば、怪《あや》しいことを引き起こしている相手がもし、すごく乱暴《らんぼう》なやつだったとしても、マアくんとおじいちゃんが、なんとかしてくれるでしょう。ろくろっ首《くび》ママは、みんなの監督役《かんとくやく》としてぜひついていってもらわなければなりません。ママは、細かいことによく気がつきますし、何より、家族のだれかがハメをはずしそうになった時、それを、たしなめて、止めてくれるのはママだけでした。

やまんばおばあちゃんは――。パパは、やまんばおばあちゃんを、妖怪調査《ようかいちょうさ》に同行させるメリットを思いつくことはできませんでした。どう考えたって、おばあちゃんは調査の役に立つとは思えませんでしたし、それどころか、いつものように、あれこれかき回し、事態《じたい》を混乱《こんらん》させる気がしました。

でも、張《は》り切《き》って、遊園地《ゆうえんち》に出かける気満々《まんまん》のおばあちゃんを、どうして一人だけ家に残《のこ》しておけるでしょう？　もし、そんなことをしたら、やまんばおばあちゃんはヘソを曲げて、手あたりしだい、パクパク、ムシャムシャ、そこらをうろついているノラ犬やノラ猫《ねこ》をヤケになって食べ始めるかもしれません。

そういうわけで、ヌラリヒョンパパは結局《けっきょく》、今回の調査に、家族全員を連《つ》れていくことに決めたのでした。もちろん、地域共生課《ちいききょうせいか》の課長である野中《のなか》さんの許可《きょか》を得《え》て……。

パパの提案《ていあん》に野中さんは、喜《よろこ》んでうなずきました。

「それは、名案《めいあん》ですね！　妖怪のみなさんが協力《きょうりょく》してくだされば、まさに鬼《おに》に金棒《かなぼう》です。特《とく》に今回の遊園地の一件《いっけん》は、わからないことだらけですからねえ。妖怪一家の皆《みな》さんにお力を借《か》りることができるんなら、こんなに心強いことはありません」

だから今、九十九《つくも》さん一家は、野中さんの運転するバンにのっかって、ファンタジー・パークを目指しているわけなのです。

車の窓《まど》の外の町並《まちな》みは、暮《く》れはじめたスミレ色の空の下、ところどころ、あかりが灯《とも》り始《はじ》めていました。夏は盛《さか》りを過《す》ぎ、ずいぶん日の暮れが早くなってきたようです。そういえば開け放った窓から吹《ふ》きこんでくる夕方の風の中にも、かすかに秋の気配《けはい》がしのびこんでいる気がします。

「あ、見えてきましたよ。ほら、あれが、ファンタジー・パークの観覧車《かんらんしゃ》です」

運転しながら野中《のなか》さんが、のびていく道路の先を指して言いました。

夕陽《ゆうひ》が、ピンク色に染《そ》めあげたひと群《む》れの雲の下に、赤い大きな観覧車がスックとそびえているのが見えました。

町並みをはるかに見下ろし、ゆっくりと回る観覧車のてっぺんはもう西の空にとどきそうです。

九十九《つくも》さん一家の妖怪《ようかい》たちは、初《はじ》めて見る本物の観覧車に、しばし、おしゃべりもわすれて見入っていました。

「さあ、いよいよ、調査《ちょうさ》開始《かいし》ですよ」

そういって、野中さんが、アクセルをふみこみました。

ファンタジー・パーク正面のチケット売り場で野中《のなか》さんは、ナイター・フリーパスを八枚《まい》買いました。これがあれば、ナイター時間内、遊園地《ゆうえんち》の中の、全《すべ》てのアトラクション、全ての乗り物を何度でも楽しめるのです。

「調査《ちょうさ》に来ていることを、相手に気づかれないように、お客さんのふりをすることにしましょう」

野中さんのその言葉《ことば》に、反対する者はありませんでした。だって、お客さんのふりをする、ということはつまり、遊園地で遊ぶっていうことですからね。

野中さんを先頭に、妖怪《ようかい》一家のみんなは、正面ゲートから、うきうきと遊園地の中へ入っていきました。

遊園地の中へ足をふみ入れた妖怪たちは、みんなびっくりして息《いき》をのみました。テレビの画面の中にうつる遊園地を見たことはありましたが、本物の遊園地にやって来るのはみんな今度が初《はじ》めてだったのです。

町はもう夕暮《ゆうぐ》れだというのにゲートの中は、音と光と人間であふれていました。鉄の大蛇《だいじゃ》のようなレールの上を、ジェットコースターが、ゴーゴー走り回っています。とんがり屋根の下の丸い舞台《ぶたい》を、上がったり下がったり、メリーゴーランドの馬たちが行列を組んでめぐっています。まばゆい電飾《でんしょく》がきらめくポールの周《まわ》りで、ブンブンふり回されているブランコ、ふり子のようにスウィングするでっかい海賊船《かいぞくせん》、くるくると回転しながら大きく輪《わ》を描《えが》く色とりどりのコーヒーカップ……。

あっちからも、こっちからもにぎやかな音楽があふれ出し、ひっきりなしに大きな歓声《かんせい》や悲鳴《ひめい》があがります。ピンクやブルーやオレンジ色の電気が夕闇《ゆうやみ》を

SKY PIRATES
POPCORN

明るく照《て》らし出《だ》し、あたりを夢《ゆめ》のように輝《かがや》かせていました。

「なんじゃい、こりゃ……」

見越《みこ》し入道《にゅうどう》おじいちゃんが目を白黒させながらつぶやきました。

野中《のなか》さんは、立ちすくんでいる妖怪《ようかい》たちにテキパキと遊園地《ゆうえんち》の地図を配りはじめました。さっき、チケット売り場で、みんなの分をもらってきていたのでしょう。

「さっそく、手分けして、遊園地の中を回りましょう。地図を見てください」

一枚《まい》ずつ地図がいきわたると、野中さんは言いました。

「地図のいちばん下にある〝中央《ちゅうおう》ゲート〟という所が、今、私《わたし》たちのいる場所です」

野中さんが、そこまで言った時、いきなり、やまんばおばあちゃんが、すっとんきょうな声で叫《さけ》びました。

「ねえ！　見て！　あたし、みつけちゃったわよ！　ほら、あそこに、怪《あや》しいやつがいる！　しかも、でかいやつ！」

「ああ」と、野中さんは、落ちついて、うなずきました。

「あれはね、着ぐるみの河童《かっぱ》ですよ。人間が中に入っているんです。決して、怪《あや》しいやつじゃありません。実は、ファンタジー・パークでは今週、〝夏の終わりの妖怪ナイト〟という催《もよお》しが開かれているんですよ。遊園地の中を、妖怪の着ぐるみを着たスタッフが歩き回っているようですから、注意してください。本物の妖怪とまちがわないように……」

おばあちゃんが口をとがらせました。

「本物かどうかなんて、どうやって見分けるのよ。中身をたしかめてみなくちゃ、わからないでしょ？」

サトリのさっちゃんが、横からおばあちゃんのことをジロリと見上げて言いました。

「あ、おばあちゃん、ダメだよ。一口、かじってみようなんて考えちゃ……」

「おばあちゃん！　かじらなくったって、妖怪《ようかい》か人間かなんて、匂《にお》いでわかるだろ？」

ヌラリヒョンパパが、口を開きます。

「とにかく、今夜は、何もかじらないこと。怪《あや》しいと思うやつがいたら、私か野中《のなか》さんに報告《ほうこく》するんだよ。いきなりかじりつくのは、絶対禁止《ぜったいきんし》だからね」

「ひとのみにするのは、オーケー？」

おばあちゃんは無邪気《むじゃき》な様子《ようす》で聞き返しましたが、パパは厳《きび》しい顔で首を横にふりました。

「もちろん、ひとのみも、ダメ。ガブリも、パクリも、禁止！」

おばあちゃんは、プンと横を向いて、ブツブツ言います。

「冗談《じょうだん》よ、冗談。まったく、冗談の一つも言えないんだから、いやんなっちゃうわ。おまけに、あれもダメ、これもダメ。せっかく遊園地《ゆうえんち》に遊びに来たっていうのに、これじゃ、ちっとも楽しくないわ」

ハジメくんが、横からそっとおばあちゃんをたしなめました。

「おばあちゃん、ぼくたち、遊びに来てるんじゃないんだよ。調査《ちょうさ》のために遊園地に来たんだからね」

おばあちゃんは、ふくれっ面《つら》でだまりこみました。

「さて」

野中さんは、妖怪たちがこれ以上何か言い出す前に、大急ぎで口を開きました。

「今、配った地図を見てください。地図のいちばん下にある〝中央《ちゅうおう》ゲート〟に私《わたし》たちはいます。この遊園地は全部で四つのエリアに分かれています。ゲートを入った正面が〝夢《ゆめ》の国〟のエリア。そこから右の方角に行くと〝水の国〟のエリア。左の方角が〝光の国〟のエリア。そして、いちばん奥《おく》にあるのが〝森の国〟のエリアです。四つのエリアのまん中には、この遊園地のシンボルである、ファンタジー・タワーをとりまくようにして、レストランやグッズショッ

ファンタジー パーク
ファンタジーパーク
森の国
小鳥広場
水の国
光の国
夢の国
GATE
WELCOME

プが集まった〝ファンタジー・バザール〟があります。皆《みな》さんには、二人ずつペアになっていただいて、各エリアの調査《ちょうさ》をお願《ねが》いしようと思います」

野中《のなか》さんは、そこで言葉《ことば》を切って、九十九《つくも》さんちのみんなの顔を見回しました。

妖怪《ようかい》たちは地図を見つめるだけで、何も言いません。

ちょっとホッとしながら、野中さんは、計画の説明《せつめい》の先を続《つづ》けました。

「まず、おじいちゃんとハジメくんは〝光の国〟のエリアを担当《たんとう》してください。おばあちゃんとさっちゃんは〝水の国〟のエリア。そして、ママとマアくんは〝森の国〟のエリアをお願いします。ヌラリヒョンさんは、バザールの周辺《しゅうへん》を調べてください。私《わたし》は、このゲート前の〝夢《ゆめ》の国〟エリアを回ります。もし、何か怪《あや》しいことや、怪しいやつをみかけたら、すぐ、私かヌラリヒョンさんにしらせてください。私かヌラリヒョンさんのどちらかが行くまで、決して、何もしないこと。何もしない、というのは、つまり、かみついたり、つかまえたり、驚《おどろ》かしたり、ひっかいたり、けとばしたり、いっさい、しない、ということとです」

野中《のなか》さんは、この注意事項《ちゅういじこう》をしゃべるとき、特《とく》に言葉《ことば》に力をこめましたが、妖怪《ようかい》たちは聞いているのかいないのかあいかわらず、食《く》い入《い》るように、遊園地《ゆうえんち》の地図をみつめているだけでした。

「おわかりいただけましたか？」

野中さんが確認《かくにん》すると、妖怪たちは、ウンウンとうなずきます。

ヌラリヒョンパパは、そんなみんなの様子《ようす》を見て、不安《ふあん》な気持ちになりました。

まっ先に文句《もんく》を言いそうな、やまんばおばあちゃんが何も言わない、というのは、おかしなことでした。

いつも、話をひっかき回す、見越《みこ》し入道《にゅうどう》のおじいちゃんがだまっているなんて、どうなっているのでしょう。

それに、アマノジャクのマアくん……。マアくんときたら、さっきから一言

も口をきいていません。「ウシシシシ」とも「イシシシ」とも笑《わら》わず、みょうに神妙《しんみょう》に野中さんの話を聞いています。こんなマアくんなんて、まるで、アマノジャクじゃないみたいです。

ヌラリヒョンパパは、そんなみんなに、念《ねん》をおしました。

「いいね？　みんな。もし、何かみつけたら、すぐ、二人組のうちのどっちかが、私《わたし》か野中さんの所へ報告《ほうこく》に来るんだよ。私たちが行くまで、絶対《ぜったい》、何もしてはいけない。約束《やくそく》できるね？」

「もちろんよ！」と、やまんばおばあちゃんが、うきうきしたようにうなずきました。

「ぐずぐず、しゃべっている暇《ひま》があったら、サッサと調査《ちょうさ》を始めては、どうじゃ？」

見越《みこ》し入道《にゅうどう》のおじいちゃんが、ムスッとした顔で言いました。

アマノジャクのマアくんは、やっぱり何も言いませんでした。

ヌラリヒョンパパは、いよいよ不安《ふあん》になって思わず、もう一言、言《い》い足《た》しました。

「ママ、ハジメくん、さっちゃん。くれぐれも、しっかりたのんだよ」

九十九《つくも》一家のしっかり者トリオがうなずいたので、ヌラリヒョンパパは、やっと少しホッとしました。

「では、調査を開始しましょう」

野中《のなか》さんが言いました。

「もし、何もみつからない場合は、今から二時間後に、いったん、集合です。ファンタジー・タワーの八時の鐘《かね》が鳴ったら、森の国と、水の国のまん中にある、〝小鳥広場〟に集まりましょう。みなさん、それまで、しっかり、おねがいします」

その言葉を合図《あいず》に、それぞれの担当《たんとう》エリアへ散《ち》らばっていく妖怪《ようかい》一家のみんなを見送るヌラリヒョンパパの胸《むね》には、また、黒雲《くろくも》のような不安が、ムクムクとふくらんできていました。

「早く、怪《あや》しい出来事《できごと》の手がかりがみつかるといいですね」

そう言う野中さんにうなずき返しながら、ヌラリヒョンパパは心の中で、ちがうことを考えていました。

『うちのみんなが、ちゃんと言いつけを守って、行儀《ぎょうぎ》よくしていてくれるといいんだが……』

こうして、遊園地《ゆうえんち》の調査が始まったのです。

見越《みこ》し入道《にゅうどう》おじいちゃんと、一つ目小僧《こぞう》のハジメくんは、正面ゲートの左手に広がる〝光の国〟のエリアを目指して歩いていきました。

ハジメくんは、一つしかない目玉を人に見られないように、帽子《ぼうし》を深くかぶり、うつむきながら歩いていました。でも、驚《おどろ》いたことに、遊園地《ゆうえんち》の中を、でっかい一つ目小僧が堂々《どうどう》と歩き回っていたのです。もちろん、そいつは、匂《にお》いですぐ人間だとわかりましたが、お寺の和尚《おしょう》さんが着るような法衣《ほうい》を身にまとい、でっかい頭のまん中の一つ目玉をギョロギョロ動かしていたのですから、びっくりです。

「ふん！　ふん！　ふん！」

見越し入道おじいちゃんは、ごきげんななめでした。

「なんじゃい。どいつも、こいつも。河童《かっぱ》のまねをしたり、一つ目小僧のまねをしたり。見越し入道のまねをするやつは、おらんのか？　妖怪《ようかい》といえば、見越し入道だろう」

その時、また一人……いえ、一ぴきでしょうか、着ぐるみの赤鬼《あかおに》が、のっしのっしと目の前を通っていきました。

人間のお客たちの間から「きゃあ！」とか「わー！」とか悲鳴《ひめい》があがります。子どもたちが赤鬼を見て騒《さわ》いでいるのでした。

「ふん！　ふん！　ふん!!」

おじいちゃんは、いよいよふきげんになって、歩き去っていく赤鬼を、じろじろとにらみつけました。

「なっとらん！　あんな、おどかし方では、0点だ！　ただ、歩いとるだけなんて！　わしなら、アッという間に巨大化《きょだいか》して、みんなのど肝《ぎも》をぬいてやれるのに！」

「おじいちゃん、そんなことより、怪《あや》しいやつを、みつけなくちゃ」

ハジメくんが、見越《みこ》し入道《にゅうどう》おじいちゃんをなだめるように言いました。

「ふん！　ふん！　ふん！」

おじいちゃんは、腹立《はらだ》ちまぎれに、ハジメくんに言い返しました。

「そこら中、怪しいやつだらけなのに、どうやって、お目当《めあ》ての相手をみつけるんじゃ？　もしかすると、観覧車《かんらんしゃ》にのっかっとったのも、コーヒーカップや、ジェットコースターではしゃいどったのも、あの、着ぐるみを着た人間だったかもしれんじゃないか」

「パパが言ってたでしょ？」

ハジメくんは、二日前の夜、食卓《しょくたく》でヌラリヒョンパパから聞いた話を思い出しながら言いました。

「ピンクのウサギや、緑のクマや変身《へんしん》ロボットなんて遊園地《ゆうえんち》の関係者《かんけいしゃ》はだれもしらないんだって。ファンタジー・パークにはそんな着ぐるみはないんだよ。それに、そいつらは、急に現《あら》われて、急に消えちゃうんだ。観覧車に乗ってたピンクのウサギも、係《かかり》の人が、降《お》りてきたカプセルの中をのぞいてみた時には、もういなくなってたんだよ。だから、やっぱり、そいつらって、人間じゃないんだと思うよ。人間のいたずらじゃなくてもっと、別《べつ》の何かが、ひき起こしてるんだよ」

そんなことをしゃべりながら、ハジメくんとおじいちゃんは、小さなゲートをくぐりぬけ、〝光の国〟のエリアに足をふみ入れていました。

なるほど。そこは確《たし》かに、〝光の国〟の名前にはじない場所でした。どこも、かしこもきらめくイルミネーションに、ぴかぴかに飾《かざ》りたてられ、まぶしいほどの光に満《み》ちあふれています。通りぞいの木々《きぎ》の枝《えだ》も、植えこみの茂《しげ》みも、草むらも、アトラクション小屋の柱も屋根も入口も――。そして、その輝《かがや》く光の渦《うず》のまん中に、ひときわ高く堂々《どうどう》とそびえているのが、赤い大観覧車《だいかんらんしゃ》でした。地面に足を広げた太い支柱《しちゅう》の周《まわ》りを、鉄の腕《うで》が風車のようにゆっくりと回っています。腕の先には一つずつ、お客さんが乗るための丸いカプセルが取りつけられていました。鉄の腕に持ち上げられたカプセルは、輪《わ》を描《えが》いて夜空の下までのぼっていき、それからまた、ゆっくりと地面ぎりぎりのところまで輪を描いてくだってきます。

太い支柱も、鉄の腕もカプセルも、やはり、またたくイルミネーションに飾《かざ》られていましたので、大観覧車はまるで、光の国にそびえる光の塔《とう》のように見えました。

「すっごぉい！」

ハジメくんはうつむくことも、帽子《ぼうし》で顔を隠《かく》すこともわすれて、赤く輝《かがや》く大観覧車をうっとりと見上げました。

「なんて大きいんだろ！　なんて、ピカピカなんだろ！」

見越《みこ》し入道《にゅうどう》おじいちゃんも、実は感心して観覧車を見上げていたのですが、ハジメくんがそう言うのを聞くと「ふふん」と鼻《はな》を鳴らして言いました。
「まあ、たしかに、ピカピカしてりっぱだが、大きさなら、わしだって負けんぞ。あれぐらいの大きさになるのなんか、わけないことだ」

その時、ハジメくんとおじいちゃんの横を通りすぎようとした子どもが、ハジメくんを指さして叫《さけ》びました。

「ママ！　見て！　あの子、一つ目だよ！　一つ目小僧《こぞう》だよ！　目が一つしかないよ！」

ハジメくんは、大あわてで帽子《ぼうし》のツバをひっぱりおろし、ドギマギしながら顔をうつむけました。

子どもの手を引っぱったお母さんが言うのが聞こえました。

「これ！　人を指さすんじゃありません！　失礼《しつれい》でしょ？」

「だって！　だって、あの子、一つ目小僧なんだよ！」

子どもは、キィキィ声で叫び返します。

「お面《めん》でしょ。一つ目小僧のお面をかぶってたんでしょ、きっと。そんなことで大騒《おおさわ》ぎしないの」

「ちがうもん！　お面じゃない！　本物《ほんもの》だった！　本物の一つ目小僧だったた

ら！」

『まずい！』と、ハジメくんは思いました。そこで、おじいちゃんの腕《うで》をぐいと引っぱって、すぐ目の前にあるアトラクション小屋に向《む》かって歩きだしました。

「おじいちゃん！　あそこに入ろうよ！」

「え？　観覧車《かんらんしゃ》に乗るんじゃないのか？　あそこって、なんじゃ？　わしゃ、観覧車がいいぞ」

おじいちゃんは、ブツブツ言いましたが、ハジメくんは、もうさっさと、小屋の入口に近づいて、スタッフに、フリーパスチケットをかざして見せました。

「入って、いいですか？」

おじいちゃんも、しぶしぶ、チケットを見せ、入口の看板《かんばん》を見上げています。

「鏡《かがみ》の迷路《めいろ》？　なんじゃ、こりゃ？」

「はい、大人一名、子ども一名ね。どうぞ」

入口に立つスタッフのお兄ちゃんは、眠《ねむ》たそうな目でハジメくんたちを見ると、やる気なさそうに小屋の入口の方をアゴで指《さ》し示《しめ》しました。

ハジメくんは、おじいちゃんの手を引っぱって、逃《に》げこむように、鏡《かがみ》の迷路《めいろ》の小屋の中へ入っていきました。

垂《た》れ幕《まく》のようなカーテンをくぐって、小屋の中へ足をふみ入れたとたん、見《み》越《こ》し入道《にゅうどう》おじいちゃんが、

「ほう！」と驚《おどろ》きの声をあげました。

うつむいていた顔を上げたハジメくんも「えっ？」と一つ目玉をまん丸に見《み》張《は》りました。

そこは、鏡の部屋でした。

床《ゆか》も天井《てんじょう》も壁《かべ》も、鏡。どの鏡にも立ちつくすハジメくんとおじいちゃんの姿《すがた》が映《うつ》っています。

こっちの鏡にも、あっちの鏡にも、その鏡の中に映っている鏡の中にも、そのまた鏡の中に映っている鏡の中にも、その中の鏡の中にも……。いったい全

部でいくつハジメくんの姿が映っているのやら、おじいちゃんの姿が映っているのやら、とても数えきれません。冷《つめ》たく静《しず》まりかえった鏡の奥《おく》から、数えきれない自分たちの分身が、じっと、こっちを見ています。そいつらは、ハジメくんが、べぇと舌《した》を出せば、同じように、べぇと舌を出し、おじいちゃんが自分の鼻《はな》をつまめば、同じようにまねをして鼻をつまむのです。

「おもしろいやつらじゃ。わしのまねばっかりしおる」

おじいちゃんは、入るのをしぶったわりには鏡の迷路が気に入ったようでした。

「さあ……。出口を探《さが》さなくっちゃ」

ハジメくんは、そういって歩きだそうとしたとたん、鏡にゴチンとぶつかってしまいました。

「なぁにを、やっとる。こっち、こっち」

おじいちゃんが鏡と鏡の間の通路《つうろ》をするりとぬけて見えなくなりました。

「あ……。待《ま》ってよ」

ハジメくんも、あわてて、おじいちゃんの後を追いかけます。しかし――。

通路《つうろ》をぬけた先に、もう、おじいちゃんの姿《すがた》はありませんでした。

右も左も前も後も上も下も、鏡《かがみ》、鏡、鏡。そこに映《うつ》っているのは、自分自身の姿だけなのです。ハジメくんは、キャップの下の一つ目玉で、きょろきょろと周《まわ》りを見回しました。もう、うっかりまちがって鏡にぶつかったりしないように注意深く、自慢《じまん》の目玉で通路を探《さが》しました。すると、周り中の鏡の中の分身も、キョロキョロと一つ目玉を動かします。

「よし、こっちだ……」

ハジメくんは道筋《みちすじ》を見極《みきわ》めて歩きだしました。通路をぬけても、その先にも鏡、鏡、また鏡。ときおり、壁《かべ》に、ひしゃげた鏡が張《は》ってある場所に出ると、そこに映った姿が、ボヨーンと横にのびたり、ヒョローンとたてにのびたり、グニャーリとゆがんだりするのでゆかいでした。行き止まりの通路もあります。

ぐるりと回って元にもどってしまう道もあります。ハジメくんは、そんな鏡《かがみ》の迷路《めいろ》の中をゆっくりと進んでいきました。

どういうわけか、おじいちゃんの姿《すがた》は見当たりません。もう、サッサと先に行ってしまったのか、それとも、どこかでまよっているのでしょうか？

いくつ目かの通路をぬけた先の鏡の前で立ち止まって、ハジメくんは、おじいちゃんの気配《けはい》をうかがいました。

通路のどこかで足音が聞こえないかな？　ブツブツ言っている、おじいちゃんのひとり言が聞こえないかな？

でも、もの音は聞こえません。鏡の迷路は、シンと静《しず》まり返《かえ》っていました。

「おうい！　おじいちゃあーん！」

ハジメくんは迷路の奥《おく》に向かって呼《よ》びかけてみました。周《まわ》り中の鏡の中で、ハジメくんの分身も口を開け、声にならない言葉《ことば》を叫《さけ》んでいます。

とつぜん、後ろで声がしました。

「おじいちゃんはもう、出口から外へ出て行っちゃったよ」

ハジメくんは正面の鏡の中を、ハッとしてみつめ直しました。

すると、鏡に映《うつ》るハジメくんの足元《あしもと》で、何か、緑色のフワフワしたものが、もぞもぞしているのが見えました。ハジメくんの足の後ろのあたりに、何か、緑色のものが立っているのです。

「あ……。緑のクマ！」

パッと後ろをふり返ると、クマはもう姿を消していました。鏡には足元をみつめるハジメくんが映っているだけです。

「こっち、こっち」

クスクス笑《わら》う笑い声と、さそうような言葉が鏡の間の通路の奥《おく》から聞こえ

てきました。

その声をおっかけて、ハジメくんは通路《つうろ》を通りぬけました。

一瞬《いっしゅん》目の前の鏡《かがみ》の中に、緑のクマの姿《すがた》が映《うつ》って消《き》えました。

「どこ？」

ハジメくんは、きょろきょろ辺《あた》りを見回します。鏡の中のハジメくんも、きょろきょろ頭をめぐらせています。でも、クマの姿はみつかりません。

また、どこかでクスクス笑《わら》う声がします。

千里眼《せんりがん》のハジメくんの目で探《さが》してみてもみつからないなんて、どうなっているのだろうと思う人もいるかもしれません。でも、鏡の迷路《めいろ》の中というのは、見えすぎる目を持っている一つ目小僧《こぞう》のハジメくんにとっては、どうやら不利《ふり》な場所のようでした。鏡に映るものが多すぎて、その全部が見えてしまうものですから、かえって混乱《こんらん》してしまうらしいのです。

「こっち、こっち」

鏡と鏡の間の通路のすぐ向こうから、またあの緑色のクマの声がしました。

ハジメくんが急いで通路の向こうにふみこむと、すぐ目の前をよぎって、フワフワの緑のクマが、どこかへ歩いていくのが見えました。でも、どれが本物のクマで、どれが鏡に映ったクマなのか見分けがつきません。迷路をとり巻く全ての鏡の中を、よちよちと緑のクマが横切って見えなくなりました。

「もう、いやんなっちゃうなぁ」

ハジメくんは迷路のまん中で、うんざりしながらため息をつきました。

すると、その時です。鏡の迷路のどこかから、不思議《ふしぎ》な歌声が聞こえてきました。小さな、高い声でだれかが、聞いたことのない歌を歌っています。

こーとろ　ことろ
どの子を　取ろか？
あの子を　取ろか？
あの子じゃ　わからん

ラン　ラン　ラン……

「だれが歌ってるんだろ？　クマかなぁ？」

ハジメくんは、首をかしげ、歌の聞こえる方へ鏡《かがみ》の迷路《めいろ》を進んでいきました。

こーとろ　ことろ

どの子を　取ろか？

歌は、ハジメくんをさそうように鏡の奥《おく》からひびいてきます。でも、鏡に映《うつ》るものは、ハジメくんの姿《すがた》の他には何もありません。

あの子を　取ろか？

あの子じゃ　わからん

ラン　ラン　ラン……

歌声を追いかけているうちに、とうとう、ハジメくんは迷路の出口にたどり着きました。

垂《た》れ幕《まく》のようなカーテンの向こうには、見越《みこ》し入道《にゅうどう》おじいちゃんが、ムスッとした顔で待っていました。

「おそい！」

おじいちゃんは、怒《おこ》ったように言いましたが、その顔はどこか得意《とくい》げでした。

「わしなんか、あっという間に出口をみつけたぞ。おまえは、どこを、ウロウロ、ほっつき歩いとったんだ？」

ハジメくんは、今出てきた小屋の方をふり返って、おじいちゃんにたずねました。

「おじいちゃん、ぼくの前に、中からだれか出てこなかった？」

「いいや」

おじいちゃんはすぐに首を横にふりました。

「だぁれも出てこなかったぞ。なんで、そんなことを聞くんじゃ？」

ハジメくんは、おじいちゃんの質問《しつもん》には答えず、もう一度、鏡の迷路の小屋の方をじっとみつめました。ハジメくんは、なんでも見える千里眼《せんりがん》の目で、小屋の中をじっと見透《みす》かしていたのです。
迷路《めいろ》の中は空っぽでした。
お客さんは一人も中に入っていません。
緑のクマの姿《すがた》も、他のだれかの姿も見えないのです。
ハジメくんは、小さな声でつぶやきました。
「緑のクマが消えた……。パパに報告《ほうこく》しなくっちゃ……」

ハジメくんとおじいちゃんが鏡《かがみ》の迷宮《めいろ》の中を歩き回っていたころ、サトリのさっちゃんとやまんばおばあちゃんのペアは〝水の国〟のエリアで、人気アトラクションの入場を待つ列にならんでいました。

おばあちゃんが、どうしても、それがいいと言って、駄々《だだ》をこねたからです。

それは、〝アドベンチャー・ボート〟というアトラクションでした。二人乗りのボートに乗って、ジャングルの中の流れる川をめぐり、冒険《ぼうけん》を楽しめるのだそうです。

「あと、もう二組で、あたしたちの番よ！」

やまんばおばあちゃんは、自分の前にならぶ四人連《づ》れの家族をながめながらうきうきと言いました。

「いったい、ジャングルの中に、どんな冒険《ぼうけん》が待ってるのかしら！　楽しみねえ！」

もり上がるおばあちゃんの横で、さっちゃんが、しれっと言います。

「あのジャングルは全部、作りものだよ。ボートだって、川の底《そこ》にあるレールにそって、決まったコースを進むだけ。別に、冒険なんて、待ってないと思うよ」

「あんたって、ほんとに、いやな子ね、もっと子どもらしくできないの？」

「子どもじゃないもん。妖怪《ようかい》だもん」と、さっちゃんは言いました。そりゃあ、そうです。見た目は子どもでもさっちゃんは、もう百年以上年を経《へ》た妖怪なんですから、子どもあつかいされるのはいやだったのでしょうね。

「ふん」と、おばあちゃんは、そっぽを向いてブツブツ文句《もんく》をこぼします。

「だから、さっちゃんとペアはいやだったのよ。ノリが悪いんだもん。せっかく遊園地《ゆうえんち》に遊びに来たのに、これじゃ、ぜんぜん、盛《も》り上《あ》がらないわよ」

「遊びに来たんじゃないもん。調査《ちょうさ》に来たんだもん」

また、すましてさっちゃんが言い返しましたが、おばあちゃんが口を開く暇《ひま》はありませんでした。だって、ちょうどその時、さっちゃんとおばあちゃんがボートに乗りこむ順番《じゅんばん》がまわってきたからです。

ふたりは係《かかり》の人にチケットを見せて、桟橋《さんばし》にプカプカ近よってきた小さなボートに乗りこみました。青いペンキを塗《ぬ》った12番のボートです。

さっちゃんたちの前にいた四人連れの家族は、10番と11番のボートに二人ずつ乗って、もう川の流れの上をジャングルに向かって進み始めていました。さっちゃんたちのボートも、赤い11番のボートを追っかけて進み始めます。ボートのくぼみの中には二人掛《が》けの座席《ざせき》があって、さっちゃんの座席の前にはハンドルが、おばあちゃんの前の舳先《へさき》には、オモチャの機関銃《きかんじゅう》がすえつけてありました。ひき金を引くと銃《じゅう》の先っぽがピカピカ光って、バ、バ、バ、バ、バと音が出る仕組みです。

「ヤッホー！　銃がある！　これで猛獣《もうじゅう》をやっつけるのね!!」

やまんばおばあちゃんが張《は》り切《き》って、舳先《へさき》の銃のひき金に指をかけた、そのとたん。川べりに茂《しげ》る大きな木の蔭《かげ》から、でっかいゴリラが「ガオーッ！」と顔を出しました。

「ゴリラが出たぁー！」

やまんばおばあちゃんは、もう大喜《おおよろこ》び。有頂天《うちょうてん》になってオモチャの銃を撃《う》ちまくりました。ゴリラは、あわてて木の蔭に引っこみます。

「やった！　ねぇ！　あたし、ゴリラを、やっつけたわよ！」

さっちゃんは、得意顔《とくいがお》のおばあちゃんをながめて、ちょっと肩《かた》をすくめました。

「ま、ただの、作りもののゴリラと、オモチャの銃だけどね」

「ふん！」

やまんばおばあちゃんは、ノリの悪いさっちゃんをにらんでからプイと横を向きました。でも、また、そのときです。

ドンゴロゴロと、太鼓《たいこ》をたたくような音がしたかと思うと、川の上にはり出した太い木の枝《えだ》から、五メートルはあろうかという大蛇《だいじゃ》がこっちに、ニョローンと頭をのばしてきたのです。

「出たぁー！　大蛇だー！」

おばあちゃんはまた、バ、バ、バ、バ、バと機関銃《きかんじゅう》を撃《う》ちまくりました。

たちまち大蛇は木の上に頭をひっこめます。

「ざまぁみろぉ！　やっつけたぁー！」

おばあちゃんは、ボートの上でガッツポーズ。さっちゃんは、そっとため息《いき》をつきました。

流れは、カーブの先で、滝《たき》にさしかかろうとしていました。ジャングルの木立《こだち》に囲《かこ》まれた暗い森の奥《おく》から、ゴーゴーと水の流れ落ちる音が聞こえてきます。

「キャア！　滝《たき》よ！　滝！　ちょっと、さっちゃん！　しっかり操縦《そうじゅう》しなさいよ！　ボートがひっくり返るかもしれないわよ！」

「だから……」

さっちゃんは、おばあちゃんにもう一度説明《せつめい》しました。

「ただレール通りに進んでるだけだってば。ハンドルなんてにぎらなくっても、だいじょうぶなんだから」

その時、とうとうボートは滝の上に投げ出されました。

流れ落ちる水といっしょに、ヒューッと、水しぶきをあげ、ボートが滝をすべりおります。

「ヤッホー！　ホーイ！」

急流をくだるボートの中で、おばあちゃんが叫《さけ》びました。さっちゃんは頭からかぶったしぶきを、ブルンブルンとはじきとばして、また一つため息《いき》をつきました。

滝の先のゆるやかな流れにボートが乗ったと思ったら、ヤシの木のこずえに取りつけられたスピーカーから、ジャ、ジャ、ジャーンと、不吉《ふきつ》な音楽が流れました。そして、ボートの行く手の川の水が、わき立つようにボコボコと波だち始めたのです。するとその水の中からとつぜん——。

「サメだあ！」と、大興奮《だいこうふん》のおばあちゃん。

「え？　サメ？　海じゃないのに？」と首をかしげるさっちゃん。

しかし、おばあちゃんは、さっちゃんの疑問《ぎもん》なんて聞いてはいませんでした。

「サメだ！　サメだ！　大ザメだあ！　やっつけろぉー！」

そう言うと、なんと、エキサイトしたやまんばおばあちゃんは、ヒラリとボートの舳先《へさき》に飛《と》び上《あ》がったのです。

ボートがグラグラゆれ、さっちゃんが叫びました。

「おばあちゃん。お行儀《ぎょうぎ》よく座《すわ》ってよ！　そんなとこ、乗っかっちゃダメ。はしゃぎすぎだよ！　わかってるでしょ？　あれ、作りものなんだよ！　ここ、川なんだから、サメなんているわけないでしょ!?　落ちついてったら！」

でも、もう、おばあちゃんを止めることはできませんでした。

おばあちゃんは、川のまん中でボートに向かって大口を開けているサメめがけて、ジャンプしました。飛《と》びつかれたサメは、大口を開けたまま、グキリといやな音をたてててへしゃげました。

「おばあちゃん！　ダメだったら！」

さっちゃんは必死《ひっし》に叫《さけ》びましたが、おばあちゃんは大ザメ退治《たいじ》に夢中《むちゅう》で、何も聞いていませんでした。

「この、悪い大ザメめ！　あたしが、やっつけてやるう！」

そう叫ぶと、おばあちゃんは、サメの背中《せなか》からザブリと川の中に降《お》り立《た》ち、水中から、サメの体を両腕《りょううで》でひっこぬきにかかりました。

12

ボキボキ、バキッと鈍《にぶ》い音をたてて、サメの体が水の中から出てきました。よく見ると、水中につかっているはずの尾《お》びれの方の半分はありません。それは、半分だけ作られた、大ザメのハリボテだったのです。

おばあちゃんは、ハリボテのサメを頭の上に高くかかげると、満足《まんぞく》そうに勝利《しょうり》のおたけびをあげました。

「オッホッホォイ！　大ザメをやっつけたぁ！」

そして、大ザメをひっかかえたまま、流れをかきわけ岸辺《きしべ》に近づいていきました。そのまま川からあがったおばあちゃんは、ボートの方をふりむこうともせずのっしのっしとジャングルの奥《おく》へ歩み去っていきました。

「おばあちゃん！　野中《のなか》さんとの約束《やくそく》、わすれちゃったのぉ!?　今夜は、かみついたり、つかまえたり、驚《おどろ》かしたり、ひっかいたり、けとばしたり、いっさいしちゃいけないんだよぉ！」

さっちゃんはボートから身を乗り出して、おばあちゃんを呼《よ》び止《と》めようとしましたが、むだでした。

「あんたとは、もう、あーそばない！」

やまんばおばあちゃんは、さっちゃんに向かって、そうどなりかえすと、ジャングルの木々《きぎ》の向こうに見えなくなってしまいました。

ふと見ると、少し前を行く赤い11番ボートの上から、男の子が二人、さっきの大ザメみたいな大口をあんぐり開けて、こっちを見ているのが見えました。

男の子のうちの小さい方のひとりが、ギャアギャア叫《さけ》ぶのが聞こえました。

「お父さん！　お母さん！　後ろのボートに乗ってたおばあちゃんが、大ザメを、ギタンギタンにやっつけちゃったよぉ！」

もう一つ前のボートから、こたえるお母さんの声が、さっちゃんの耳にもかすかに聞こえました。

「そう。そりゃあ、よかったわねぇ」

男の子のうちの大きい方の子が、叫びかえしています。

「ちがうよ！　銃《じゅう》でやっつけたんじゃなくて、ほんとうに、大ザメにとびついて、水からひっこぬいて、どっかに持ってっちゃったんだよ！」

お父さんの笑《わら》い声《ごえ》が聞こえました。

「へぇ！　そりゃ、すごいおばあさんだな！　お父さんも、見たかったよ」

「本当だったら！　うそじゃないよ！」

男の子たちがそろって叫んだところで、前のボートは川のカーブを曲がって見えなくなりました。

さっちゃんは一人、残《のこ》されたボートの中で大きなため息《いき》をもらして、ボソッとつぶやきました。

「しぃらないいっと」

その時です。ふいに、だれもいないはずの、ボートの隣《となり》の席《せき》で話し声がしました。

「おばあちゃんと、けんかしたの？」

「え？」

さっちゃんは驚《おどろ》いて声のした方を見ました。さっきまで、おばあちゃんが座《すわ》っていた隣の席に、いつの間にかピンクのウサギのぬいぐるみがちょこんと座っていました。

ウサギはさっちゃんを見上げて、子どもっぽい声で言いました。

「おばあちゃん、行っちゃったね」

「あんた、だぁれ？」

言いながらさっちゃんは、どんな心の内も見透《みす》かす目で、じっとピンクのウサギの胸《むね》の奥《おく》をのぞきこみました。

「あ……」

さっちゃんは、目を丸くして、ウサギをみつめます。

「空《から》っぽ……」

ウサギの胸の中は、綿《わた》がつまっているだけで、他には何もありませんでした。匂《にお》いも、ただのぬいぐるみのにおいです。ウサギは、さっちゃんの言葉《ことば》など聞

こえなかったように、言いました。

「ひとりぼっちでも、だいじょうぶだよ。あたしがいっしょに遊んであげるから……」

さっちゃんは、まだじっとウサギの胸の奥をみつめていました。すると綿のつまった体の奥でチラリと何かが光った気がしました。

「……だれ？　だれかが、あんたを、あやつってるんだね？」

さっちゃんはたずねましたが、ピンクのウサギは、長い耳をフランとゆらして首をかしげただけでした。

その時です。

ボートが流れていく川の左手のジャングルの奥から小さな歌声が聞こえてきました。

こーとろ　ことろ
どの子を　取ろか？

あの子を　取ろか？
あの子じゃ　わからん
ラン　ラン　ラン……

さっちゃんは、作りもののジャングルの茂《しげ》った木々《きぎ》の奥《おく》にじっと目を向けました。

細い、高い声が、また、そっちから聞こえてきました。

こーとろ　ことろ
どの子を　取ろか？
あの子を　取ろか？
あの子じゃ　わからん
ラン　ラン　ラン……

視界《しかい》がひらけ、大きなカーブの向こうに桟橋《さんばし》が見えてきました、10番と11番のボートから、お父さんとお母さんと、子どもたちが次々《つぎつぎ》に、桟橋の上に降《お》りたちます。

「あ……」

さっちゃんは桟橋に向けていた目を隣《となり》の座席に向けて、息《いき》をのみました。

ピンクのウサギは、いなくなっていました。つい、今まで、長い耳をゆらして、そこに座《すわ》っていたはずのウサギのぬいぐるみは、ちょっと目を離《はな》したすきに消えてしまいました。

さっちゃんは、桟橋に到着《とうちゃく》したボートの上からひらりと、地面の上におりました。

「ご乗船ありがとうございました。足元に気をつけてお帰りくださぁーい！」

叫《さけ》んでいる遊園地《ゆうえんち》の係員の横をすりぬけ、ジロジロこっちを見ている11番ボートの兄弟を追いこし、さっちゃんは水の国の広場を急ぎ足に歩きだしました。

「パパにしらせなくっちゃ」

さっちゃんは、さっき見たピンクのウサギのことを考えながらつぶやきました。

「アドベンチャー・ボートの上に、ピンクのウサギが出たって。あいつは、きっと、だれかにあやつられてるんだって。それから……」

さっちゃんは、チラリと後ろをふり返って、闇《やみ》に包《つつ》まれた作りもののジャングルをみつめました。

「やまんばおばあちゃんが、ジャングルに入っていって、行方不明《ゆくえふめい》になっちゃったって……」

ハジメくんが鏡《かがみ》の迷路《めいろ》の中を歩き回り、さっちゃんがボートでジャングルの中の流れる川をくだっているころ、アマノジャクのマアくんと、ろくろっ首《くび》ママのペアは〝森の国〟のエリアの端《はし》っこにある、お化《ば》け屋敷《やしき》の入口にいました。

お化け屋敷の前にも、実は長い行列ができていて、マアくんはさっきからずっと、イライラ、キィキィしっぱなしでした。

「なあんで、こんな行列にならばなきゃ、なんないんだよう！　さっさと入ろうよう！」

マアくんが、ジタバタと地面をふみ鳴らしながら言ったので、ろくろっ首ママは、さっきから何度めかの言葉をくり返しました。

「マアくん、順番《じゅんばん》ですよ、順番。早くならんだ人から順番に中に入るのよ。あたしたちの順番は、まだでしょ？　もうちょっと、おりこうに待っていましょうね」

「いやだ！　やだ！　やだ！　やだ！　もう、いやだ！」

周《まわ》りにならんでいるお客さんたちが、駄々《だだ》をこねるマアくんを、うんざりしたように見ています。ママは、はずかしくなって、小さな声でマアくんの耳元にささやきました。

「しいっ！　これ、おとなしくなさい。そんなにならぶのが、いやなら、別《べつ》にお化《ば》け屋敷《やしき》に入らなくったっていいんですよ」

「いいやぁだ！　いいやぁ！　いいやぁだ！　絶対《ぜったい》入る！　今すぐ、入る！　お化け屋敷にはぁいるぅ！」

「マアくん」

ママは、低い、静《しず》かな声で言いました。

「今すぐ、その口を閉《と》じて、足をバタバタさせるのをやめなさい。さもないと、もう二度と、スペシャル・ホットケーキを作ってあげませんからね。スペシャル・チョコクッキーも、スペシャル・チョコレートパフェも、なし。二度と、作りませんよ」

マアくんは、ギクリとして、ママの目を見上げました。ろくろっ首《くび》ママの目が、暗《くら》がりでピカリと光りました。

「……だって、早く入りたいんだもん」

マアくんは、もぞもぞと言いましたが、ママはきびしくぴしゃりと言い返しました。

「おだまり。順番を守れないんなら、お化け屋敷はなし。スペシャル・ホットケーキもなし。わかった？」

「わかったよう」

そう言ってからマアくんは、「チェッ、チェッ、チェッ」と舌《した》うちをして、足元《あしもと》にあった石をけとばしました。石は転がっていって、もうちょっとで、近くを歩いている人にぶつかりそうになりましたが、ギリギリのところでその人の足元をそれ、道端《みちばた》の溝《みぞ》の中に飛《と》びこみました。

マアくんは、石が人にぶつからなかったのが残念《ざんねん》で、もう一度、「チェッ、チェッ、チェッ」と舌うちをしました。

入場待ちの行列はノロノロと進み、しばらくすると、やっと、マアくんとママの順番《じゅんばん》が回ってきました。

「ヤッター！　やっと、入れるぞぉ！」

ドクロマークのドアノッカーのついた重たい扉《とびら》が、内側《うちがわ》に向かって開きます。中に走りこもうとするマアくんの首ねっこをつかまえて、ママが言いました。

「マアくん、いっしょに行きましょうね。一人でかってに行ってしまっては、だめよ」

「いやだ！　やだ！　やだ！　一人で行くんだもん！　ママといっしょなんて、つまんないもん！」

しかし、ろくろっ首《くび》ママは、うむを言わさず、がっしりとマアくんの腕《うで》を取り、いっしょにドアの中に足をふみ入れました。ふたりの後ろで、ギィイ……バタンと、重たい扉が閉《し》まります。

暗闇《くらやみ》の中に、ポツン、ポツンと赤いライトがともっていました。

ヒュウウウ、ドロドロドロドロと、不気味《ぶきみ》な音楽が、マアくんたちをむかえるようにスピーカーから流れてきます。

「あら、すてきな雰囲気《ふんいき》ねぇ」

ろくろっ首ママが、ライトに照《て》らされた通路を進みながら言いました。

その時——。

通路の右手の井戸《いど》の中から、何かが、ニュウッと顔を出しました。

「ウーヒ、ヒ、ヒ、ヒ、ヒ、ヒ」

気味《きみ》の悪い声をあげながら、こっちをにらんでいるのは、白いざんばら髪《がみ》のおばあさんのようでした。口からは牙《きば》がつき出し、手にはギラギラ光る包丁《ほうちょう》を持っています。

「こんばんは」

ろくろっ首《くび》ママは、井戸《いど》から出てきたおばあさんの人形に向かって、ていねいに頭を下げました。

「なんだ、こいつ？　変《へん》なの。うちのおばあちゃんに、ちょっと、にてるぞ」

マアくんが、人形の手の中の包丁を引っぱろうとしたので、ママは急いで、マアくんの腕《うで》を引っぱりました。

「これ！　マアくん、ダメですよ。その包丁は、お人形の持ち物なんだから、ほしがらないの」

「ほしいよぉ！　包丁ほしいよぉ！　あんな、でっかいの、おれにも、ちょうだいよぉ！」

マアくんは大声で叫《さけ》びましたが、ママはかまわず、ジタバタしているマアくんを引きずって通路《つうろ》を進んでいきました。

暗い通路の途中《とちゅう》にたたずむ人影《ひとかげ》が見えました。野球帽《やきゅうぼう》をかぶった男の子のようです。こっちに背《せ》を向け、通路のわきに立っています。いっしょに来た家族とはぐれてしまったのでしょうか？

「包丁ほしいよぉ！　包丁ほしいよぉ！」

まだがんばっているマアくんを、ママがたしなめました。

「これ、静《しず》かにしなさい。ほら、ちっちゃいぼうやに笑《わら》われますよ。ねぇ、ぼうや」

ママが、そう声をかけたとたん、その子の首がゆっくりと回り始めました。

ギリギリと頭が回って、今まで見えなかった顔が、赤いライトの光の下に現《あら》われます。

「あ！　兄ちゃんだ！　ちっちゃい兄ちゃんだ！」

マアくんが、うれしそうに叫《さけ》びました。その子はマアくんより背丈《せたけ》の低《ひく》い人形でした。一つ目小僧《こぞう》の人形だったのです。完全にこっちに向き直った人形は口からベローリと長い舌《した》を出して笑《わら》いました。

「うひひひひひひ……」

「ウヒヒヒヒだってさ。よ、兄ちゃん、元気？」

マアくんが、舌を出している人形の頭をバンバンひっぱたいたので、ママはまた急いでマアくんの腕《うで》をぐいと引っぱりました。

「マアくん。それは、お兄ちゃんじゃないのよ。わかってるでしょ？　お人形なんだから、そんなに力いっぱいたたいては、だめ。お人形の首が、もげちゃ

いますよ」

ママがそう言った時、まるでママの言葉《ことば》に答えるように、一つ目小僧の首が、ころりんと首から転《ころ》げ落《お》ちました。きっと、マアくんがあんまり強くたたいたせいでしょう。

「ウシシシシシシ……」

マアくんは大喜《おおよろこ》び。

「わあい！　首がとれたぞぉ！　一つ目小僧じゃなくて、首なし小僧だぞぉ！」

ママは、マアくんをひとにらみしてから、しかたなく転がったお人形の首をひろい上げました。それをていねいに、元通りの首の上にのっけ、きびしくマアくんに言いわたしました。

「マアくん。もう、いいかげんにしなさい。今度、こんなことをしたら、一週間、お夕飯《ゆうはん》ぬきにしますからね」

しかし、調子に乗ったマアくんは、食べもののおあずけぐらいでは止まらなくなっていました。ママの言葉《ことば》にうなずくどころか、憎《にく》まれ口を返します。

「やぁだよ。アッカン、ベロ、ベロ、ベロベロ、バー」

ママは、マアくんの腕《うで》をぎゅっとつかみ、ぐっと引っぱって、通路《つうろ》を歩きだしました。

そのお化《ば》け屋敷《やしき》の中には、いろんなしかけが、用意されていました。いきなり天井《てんじょう》から大きな首がぶら下がってきたり、青白い火の玉があたりを飛《と》び回《まわ》ったり、ふと見上げると、巨大《きょだい》な鬼《おに》がこっちを見下ろしていたり、足元を大蛇《だいじゃ》がズルズルと横切っていったり……。

でもまあ、マアくんとママにとって、このお化け屋敷で出会うオバケたちは、いわば親戚《しんせき》か古い友人のようなものでしたから、恐《おそ》ろしいということは全くありませんでした。

ただママは、マアくんがはしゃぎすぎて、悪ふざけばかりするのでこまっていました。

しかけが出てくるたびに大喜《おおよろこ》びで、人形に飛びついたり、火の玉をつかまえたり、あちこちの壁《かべ》をたたいてまわったり、足元にあるものをふんづけたりするのです。

「そんなことしちゃいけません」と注意すると、マアくんがニヤリと笑《わら》って言い返します。

「だって、おれ、調査《ちょうさ》してるんだもん。本当にただのつくりもののオバケなのかどうか、調べてるんだもんね」

さすがアマノジャク。なんて憎《にく》らしいのでしょう。

ろくろっ首《くび》ママはうんざりしながらだまりこむしかありませんでした。

そろそろ、お化け屋敷も終点の出口が近いようです。通路の右手には、古びたあばら家のセットが、うす暗《ぐら》い光の中にぼんやりとうかんでいました。
・・・
マアくんとママがその家の前を通《とお》り過《す》ぎようとすると、やぶれ障子《しょうじ》のひき戸が、スルスルと開いて、家の中から何かが顔をのぞかせました。

「こぉんばぁんわぁ……」
女の人です。女の人が障子戸《しょうじど》のすき間から顔をのぞかせて、マアくんたちに頭を下げました。
「こんばんは」

ママがあいさつを返したそのとたん、その女の人の首がニョキニョキとのび始めたではありませんか。

「まあ！　ステキ！」

ママは障子戸のすき間から、こっちに向かってのびてくる長ぁい首をうっとりとながめてほほえみました。

「わぁ！　ママだぁ！　ママとおんなじだぁ！」

喜《よろこ》んだマアくんがのびる首の先っぽについた人形の頭を、むんずとつかみました。

「もっと、のびろぉ！　もっと、のびろぉ！」

そう言いながら、人形の首をむりやり引っぱります。

「マアくん！　やめなさい！　いけませんよ！　ろくろっ首《くび》の首は、とってもデリケートなんですからね！　むりやり引っぱっちゃいけません！」

「のびろぉ！　のびろぉ！　首、のびろぉ！」

マアくんは言うことをききません。だいたい、マアくんときたら、もともと、バカ力の持ち主なのです。あんなに力いっぱい引っぱったら、人形の首が取れてしまうでしょう。

「マアくん！」

ママがマアくんの腕《うで》をつかんだその時です。

「やめろ！」

暗闇《くらやみ》の中に勇《いさ》ましい声がひびきました。

マアくんとママは同時に声のした方をふり返りました。

「なんだ、こいつ？」

マアくんは、ろくろっ首《くび》の頭を引っぱるのもわすれて、ぽかんと口を開けました。

通路《つうろ》に、ろくろっ首ママと同じほどの背丈《せたけ》の変身《へんしん》ロボットが立っていました。

白い鋼鉄《こうてつ》の鎧《よろい》に身を固《かた》め、右手には長い剣《けん》をかまえ、こっちを見ています。

「おまえは、悪い子だ！」

ロボットは手に持った長い剣で、マアくんのことを指しました。

「おしおきをしてやる」

ポカンとしていたマアくんは、ろくろっ首の頭を放り出し、ロボットに向かってキイキィ声で言い返しました。

「やれるもんなら、やってみろぉ！　おまえなんかに、負けないぞぉ！」

ろくろっ首の人形はスルスルと障子戸《しょうじど》の向こうにひっこんでいきました。

マアくんが、ロボットに飛《と》びかかります。

しかし――。

それは、アッという間の出来事《できごと》でした。ロボットは、飛びかかってきたマアくんを、つかまえ、かかえあげ、長い剣を投げ出して、カギになった手で、パシンパシンと、マアくんのお尻《しり》をたたきました。

ママは、あの力持ちのマアくんが、あっけなくロボットにつかまって、お尻をたたかれているさまを、目を丸くしてみつめていました。

パシン、パシンと、全部で五回、マアくんのお尻をたたくと、手を止めて、ロボットは言いました。

「さぁ、どうだ？　もっと、お尻をたたいてやろうか？　それとも、いい子になるか？」

マアくんは、ロボットの腕《うで》の中でジタバタとあばれていましたが、どうして

先祖代々之墓

も、そこから逃《に》げだすことはできませんでした。ですからしかたなく、最後《さいご》には、とうとう降参《こうさん》したのです。

「いい子になるよう」

マアくんが、そういった瞬間《しゅんかん》、ロボットの姿《すがた》がパッと消えてなくなりました。

通路《つうろ》の上に、ステンと尻《しり》もちをついたマアくんは、びっくりしてあたりをキョロキョロ見回しました。

ママも、お化《ば》け屋敷《やしき》のあちこちに目をくばって変身《へんしん》ロボットの姿を捜《さが》しました。しかし、ロボットはもうどこにもいませんでした。さっきロボットが放り出した剣《けん》も、消えてしまっています。

「なんだ、あいつ！　なんだ、あいつ！　チェッ！　チェッ！　チェッ！」

立ち上がったマアくんが地団駄《じだんだ》をふんでそう言った時、お化け屋敷のどこかからか、小さな歌声がひびいてきました。

ママとマアくんは、ドキッとして、その歌声に耳をすましました。

こーとろ　ことろ
どの子を　取ろか？
あの子を、取ろか？
あの子じゃ　わからん
ラン　ラン　ラン

通路《つうろ》の奥《おく》から、次の組のお客さんたちが、こっちに歩いて来るのが見えました。

もう、歌声は聞こえません。

ロボットの姿《すがた》も見えません。

「急いでパパにしらせなくちゃ、いけないわ。お化《ば》け屋敷《やしき》に、変身《へんしん》ロボットが現《あら》われたって……。それに、不思議《ふしぎ》な歌声が聞こえたこともね」

そう、ろくろっ首《くび》ママがつぶやきました。

ヌラリヒョンパパは、ファンタジー・バザールの広場の隅《すみ》に立って、お店の間を行きかう人々《ひとびと》の波に目を光らせていました。

このおおぜいの人々の中に、怪《あや》しい何かがまぎれこんではいまいかと観察《かんさつ》していたのです。

しかし、残念《ざんねん》ながら今のところパパがみつけられたのは怪しい人間だけでした。

髪《かみ》をピンクに染《そ》めた青年や、市役所《しやくしょ》スタッフの女神《めがみ》さんの三倍《ばい》ほどの長さのつけまつ毛をくっつけた女の子、耳たぶや鼻《はな》にジャラジャラと輪《わ》っかをぶらさげたカップル、〝根性《こんじょう》〟という文字を大きくプリントしたT《ティー》シャツを着ている根性のなさそうなおじさん、乳母車《うばぐるま》の中で自分の足の指を口の中につっこんでえずきそうになっている赤《あか》ちゃん……。

『人間というのも、なかなか怪《あや》し気《げ》な生き物だなぁ……』

ヌラリヒョンパパは、そんなことを考えながら広場の人の波をみつめていました。

そこに、まっ先にかけつけてきたのが、一つ目小僧《こぞう》のハジメくんです。

ハジメくんは、よく見える目で、すぐにヌラリヒョンパパの姿《すがた》をみつけると、息《いき》せききって広場の隅《すみ》にかけよってきました。

「パパ！　たいへんだよ！　緑色のクマが、出た！　ぼく、鏡《かがみ》の迷路《めいろ》の中で、見たんだ！」

「なんだって？　それは、本当かい？」

パパは、大きな頭をかしげて、つくづくハジメくんの顔を見ました。

根

「まちがいないよ！　迷路《めいろ》の中で、ぼくがおじいちゃんとはぐれて迷《まよ》ってたら、〝こっち、こっち〟って、ぼくを呼《よ》んだんだ。……でも……」

「でも？」

パパにたずねられ、ハジメくんは続《つづ》けました。

「でも、ちゃんと、見たわけじゃない。だって、そこら中鏡《かがみ》だらけで、どれが本物だか、鏡に映《うつ》ってるにせものだか、わかんないんだもん。でも、あの迷路の中を、緑色のクマが歩いてたのは本当だよ。緑色の、ぬいぐるみのクマだった」

「まちがいないね？　そいつが、迷路の中を歩いてたって言うんだね？」

パパが確認《かくにん》します。ハジメくんはうなずきました。

「うん。まちがいない。目玉は黒いボタンだったよ。だけど、消えちゃったんだ」

「消えた？　どうやって？」

パパにたずねられ、ハジメくんは答えました。

「追っかけて行ったら、いなくなっちゃったんだよ。それでぼく、出口から外へ出たんだけど、外で待ってたおじいちゃんは、中からは、ぼく以外《いがい》だれも出てこなかったって言ってた。ぼくは、鏡の迷路の中をようくたしかめてみたけど、空《から》っぽだったよ。どこにも、クマなんていなかったんだ。つまり……消えちゃったんだよ」

「ふうむ。なるほど」

ヌラリヒョンパパは大きな頭でうなずきました。

「鏡の迷路か…。ひとつ、様子《ようす》を見に行こうか」

「おじいちゃんが今、見張《みは》ってるよ」

ハジメくんがそう言って、パパといっしょに〝光の国〟のエリア目指して歩きだそうとしたその時です。

人ごみの間をぬって、フラリとさっちゃんが二人の前に現《あら》われました。

「パパ、ニュースが二つあるよ」と、さっちゃんは言いました。

「いいニュースと、悪いニュースっていうことかい？」

ヌラリヒョンパパが心配そうにたずねると、さっちゃんは、ちょっと考えこんでから肩《かた》をすくめてみせました。

「ふつうのニュースと、すっごく悪いニュースだよ。どっちを先に聞きたい？」

「うー」とパパはうなりました。そして、小さな声で「ふつうのニュース」と言いました。

そこでさっちゃんは、ふつうのニュースからしゃべりはじめました。

「あのね、アドベンチャー・ボートに乗ってたら、急に隣《となり》の席《せき》にピンク色のウサギのぬいぐるみが出てきたんだよ。そいつったらね、〝いっしょに遊んであげる〟なんて、しゃべるんだよ。でも、心の中をのぞいたらね、綿《わた》しかつまってなかった」

パパの横からハジメくんが不思議《ふしぎ》そうに口をはさみました。

「心の中に綿しかつまってないのに、しゃべったりできるの？」

さっちゃんが、ニヤリと笑《わら》ってハジメくんを見ます。

「さすが、お兄ちゃん。いい質問《しつもん》だね。ふつうは、綿やおがくずのつまった心でおしゃべりなんてできないよ。人形にもね、心を持ってる子と、そうじゃない子がいるの。あたしのお友だちのメメトちゃんの、心の中にはいろんな思いや、考えがつまってるよ。だから、あたしとおしゃべりができるわけ」

今度はパパが質問します。

「でも、そのウサギは、しゃべったんだろ？」

「たぶん、だれかにあやつられてるんだよ」

さっちゃんが言ったので、パパとハジメくんは思わず顔を見合わせました。

「いったい、だれに？」

パパがつぶやくと、さっちゃんはまたちょっと肩をすくめました。

「さあね。でも、だれかが近くで歌を歌ってたよ。〝こーとろ、ことろ〟っていう変《へん》てこな歌……」

「あ、それ、ぼくも聞いた！」

ハジメくんが言いました。

「こーとろ、ことろ？」

パパは大きな頭をかしげて考えこみます。さっちゃんは、話の先を続《つづ》けました。

「とにかく、ピンクのウサギは、あたしの隣《となり》の席《せき》に急に出てきて、ボートが終点の桟橋《さんばし》に着く前に、消えちゃったんだよ。ウサギがいなくなる時、ジャングルの奥《おく》から、その歌が聞こえてきた」

「おばあちゃんは？」

ヌラリヒョンパパがたずねました。

「おばあちゃんも、そのウサギを見たんだろうか？　歌を聞いたのかな？」

「さあね」とさっちゃんは言いました。

「さあねって？」

パパは不安《ふあん》な気持ちになりながら、さっちゃんに聞き返しました。

さっちゃんは、説明《せつめい》しました。

「おばあちゃんは、アドベンチャー・ボートで川をくだってる途中《とちゅう》に、水の中からサメが出てきた時、サメにとびかかって、水からひっこぬいて、そいつをかかえたまま、ジャングルの中に入っていって、それっきり行方不明《ゆくえふめい》だよ」

「うー」と、ヌラリヒョンパパが、また、うなりました。

「つまり、それが、すっごく悪いニュースってこと」と、さっちゃんは言《い》い足《た》しました。

「でも、ジャングルの中の川にサメがいるのは変《へん》だよね」と、さっちゃんが感想をのべると、ハジメくんが口を開きました。

「そうでもないよ。サメの中には、海から川を、ずっと上流の方までさかのぼってくるやつもいるんだ。ね？　パパ、そうでしょ？」

ハジメくんはヌラリヒョンパパに同意《どうい》を求《もと》めましたが、パパは何も答えませんでした。パパは、やまんばおばあちゃん失踪《しっそう》のニュースを聞いて、それどころではなかったのです。ちょうどその時さっちゃんは、人ごみの中をこっちに近づいてくるママの姿《すがた》をみつけました。

「ママー！　こっち、こっち！」

さっちゃんが手を振《ふ》ると、ママは急ぎ足にみんなの方へ近づいてきました。

「パパ！　変身《へんしん》ロボットが出ましたよ！　お化《ば》け屋敷《やしき》の中に！」

ろくろっ首《くび》ママは、パパの前に来るなり、興奮《こうふん》した様子《ようす》で、そう報告《ほうこく》しました。

まだ、おばあちゃん失踪事件のショックから立ち直れないパパは、ぼんやりとママをみつめ、弱々しくたずねました。

「変身ロボットも出たって？　じゃあ、せいぞろいじゃないか。緑のクマと、ピンクのウサギと変身ロボットと……。これは、とにかく、野中《のなか》さんにしらせないといかんな。みんな、ちょっと、ここで待っていてもらえるかね？　今、野中さんを呼《よ》んでくるから……」

そういうとパパは、みんなの前からヌラリと姿《すがた》を消し、野中さんのいる中央《ちゅうおう》ゲート前へヒョンと移動《いどう》したのです。

野中さんはちょうどその時、ゲート横の管理事務所《かんりじむしょ》から出てくるところでした。今まで事務所の中で、遊園地《ゆうえんち》の支配人《しはいにん》から、一連《いちれん》のおかしな出来事《できごと》について、いろいろ話を聞いていたのです。

目の前に現《あら》われたヌラリヒョンパパを見て野中さんは「やあ」と手を上げました。

「事件《じけん》に関《かん》する情報《じょうほう》を、支配人《しはいにん》から、聞かせていただきましたよ。そちらは、どうです？」

そうたずねられて、パパは、ハジメくんとさっちゃんとママから寄《よ》せられた報告《ほうこく》を野中《のなか》さんに伝《つた》えました。

「緑のクマが鏡《かがみ》の迷路《めいろ》に現《あら》われ、姿《すがた》を消しました。ピンクのウサギは、アドベンチャー・ボートの上に現われ、終点に到着《とうちゃく》する前にいなくなったもようです。それから、お化《ば》け屋敷《やしき》には変身《へんしん》ロボットが現われたとママがしらせてくれました。それから、もう一つ……」

パパは言いづらそうに言葉を切り、深呼吸《しんこきゅう》を一つしてから悪いニュースを切り出しました。

「じつは、うちのおばあちゃんが、行方不明《ゆくえふめい》です」

「え？」

今まで、だまってうなずきながら、パパの報告に耳をかたむけていた野中さんが、びっくりしたように目をパチパチさせて顔を上げました。

「行方不明というのは、どういうことですか？　迷子《まいご》になったんですか？」

「迷子というか……、なんというか……」

しかたなくパパは、さっちゃんから聞いた一部始終《いちぶしじゅう》を野中さんに伝えました。

「おばあちゃんは、アドベンチャー・ボートに乗って、ジャングルの川をくだっている最中《さいちゅう》、川から出現《しゅつげん》したサメに、とびかかり、やっつけ、水の中からひっこぬき、そいつをかかえたまま、ジャングルの奥《おく》へ歩き去ったもようです。どこかで、ゆっくり、獲物《えもの》を食べるつもりだったのかもしれません」

野中さんは、怪《あや》しむようにパパにたずねました。

「でも、そのサメは本物じゃないんでしょ？　アトラクション用の作りもののサメですよね？」

「おばあちゃんをあまく見てはいけません」

ヌラリヒョンパパは言いました。

「本物であろうと、なかろうと、たとえ、鉄だろうと、コンクリートだろうと、食べる気になれば、ムシャムシャ食べてしまうんですから」

「うーん」と、野中《のなか》さんも、うなりました。

「それは、たいへんなことになりましたね。何か騒《さわ》ぎが起きる前に、早く、おばあちゃんをみつけなければ……」

しかし、じつは、行方不明《ゆくえふめい》になっているのはすでに、やまんばおばあちゃんだけではなかったのです。

野中さんといっしょに、ファンタジー・バザール広場にもどったヌラリヒョンパパが、ハジメくんとさっちゃんとママを連《つ》れて、まず鏡《かがみ》の迷路《めいろ》の小屋に行ってみると、そこで見張《みは》りをしているはずの、見越《みこ》し入道《にゅうどう》おじいちゃんの姿《すがた》が見あたりませんでした。

「おっかしいなあ……ここで、待っててって言っといたのに……」

ハジメくんは千里眼《せんりがん》で、キョロキョロとあたりにおじいちゃんの姿を捜《さが》しましたが、さすがに、人がいっぱいいる広い遊園地《ゆうえんち》の中から見越し入道おじいちゃんの姿を見つけ出すことはできませんでした。

さっちゃんが鋭《するど》い意見を言います。

「きっと、見張《みは》り役に飽《あ》きちゃったんだよ。もっとおもしろいことを探《さが》しに行ったんじゃない？」

ハジメくんが、ぽつんと言いました。

「そういえば、さっき、観覧車《かんらんしゃ》のことを気にしてたっけ……。〝わしも、あれくらい大きくなれる〟なんて言ってたな……」

ヌラリヒョンパパは、その言葉《ことば》に、ゾゾゾッとしました。おじいちゃんが本気になって、大観覧車《だいかんらんしゃ》と大きさくらべなんて始めたらえらいことです。

野中さんがテキパキと言いました。

「緑のクマと、ピンクのウサギと、変身《へんしん》ロボットの捜査《そうさ》はいったんおいて、まずは、おじいちゃんとおばあちゃんの捜索《そうさく》に全力をあげましょう。手分けして、お二人をみつけだすんです」

「そうですね、マアくんにも連絡《れんらく》しましょう」

ヌラリヒョンパパは、そう言うと、手の中の遊園地《ゆうえんち》マップを確認《かくにん》し、みんなの前から一瞬《いっしゅん》にしてヌラリと消え、マアくんが見張《みは》っているお化《ば》け屋敷《やしき》の前にヒョンと移動《いどう》しました。

でも、すぐにパパはまた、ヒョンと、みんなの前に戻《もど》ってきたのです。

そして、重大なことをつげました。

「マアくんも、いません」

「えぇーっ！」とママは叫《さけ》んで、思わずちょっぴり首をのばしました。

「あんなに、ちゃんと、見張《みは》ってってって言っておいたのに！」

でも、考えてみれば、そもそも、そんなことをマアくんにたのむ方が悪いのです。たのまれたことを素直《すなお》にひきうけるアマノジャクなんて、アマノジャクじゃありませんものね。

「うーん」

野中《のなか》さんとパパが同時にうなりました。

野中さんが、口を開きます。

「では、みつけ出さないといけないのは、おじいちゃんと、おばあちゃんと、マアくんですね。とにかく、大急ぎで捜《さが》しだしましょう。何か、大変《たいへん》なことが起きる前に……」

みんなは、バラバラに遊園地の中を見回ることになりました。

ハジメくんは、おじいちゃんが大観覧車《だいかんらんしゃ》の方へ行っていないかをたしかめに――。ママは、マアくんがもう一度お化《ば》け屋敷《やしき》の中に入りこんでいないかを一応確認《いちおうかくにん》してみると言いました。野中さんは、行方不明《ゆくえふめい》のみんなを放送でよびだしてもらうために中央案内《ちゅうおうあんない》センターに向かい、ヌラリヒョンパパは遊園地《ゆうえんち》じゅうを瞬間移動《しゅんかんいどう》しながら行方不明の家族を捜すことにしました。

さっちゃんは、〝小鳥広場〟で待機《たいき》です。もしかして、約束《やくそく》の八時に、だれかが待ち合わせ場所にやってくるかもしれませんからね。

こうして、見越《みこ》し入道《にゅうどう》おじいちゃんと、やまんばおばあちゃんと、アマノジャクのマアくんの捜索《そうさく》が開始されたのです。

七

小鳥広場はファンタジー・パークのいちばんはずれにある小さな広場です。まあるい芝草《しばくさ》の地面を桜並木《さくらなみき》が取《と》り囲《かこ》み、木蔭《こかげ》にはベンチが散《ち》らばっています。春や秋には、ここでお弁当《べんとう》をひろげてくつろぐ家族や、ベンチに座《すわ》っておしゃべりをする人たちの姿《すがた》が見られるのですが、今は夏の終わりで、夜だというのにあたりはまだ、蒸《む》し暑《あつ》く、ヤブ蚊《か》がブンブン飛《と》び回《まわ》っていました。

野中《のなか》さんが、ここを集合場所に選《えら》んだのも、他にだあれも人がいない、と思ったからでしょう。

さっちゃんは一人、暗《くら》い広場の中へ入っていきました。

木立《こだち》に隔《へだ》てられているだけなのに、すぐそこにある遊園地《ゆうえんち》の音と光がぐんと遠のく気がしました。

青々とした夏草の匂《にお》いと、しめった夜の闇《やみ》が広場を満《み》たし、草むらで鳴くスズムシの声が聞こえます。

広場のいちばん奥《おく》にあるベンチに座《すわ》ろうと、芝草《しばくさ》の上をつっきって歩きだした時、さっちゃんはふと足を止めました。

目指すベンチのそのまた奥、こんもりと茂《しげ》ったアジサイの藪《やぶ》の横に、だれかが立っています。小さな人影《ひとかげ》……。背丈《せたけ》からすると子どものようですが、しめった風の中に人間の匂いはしていませんでした。

「あんた、だれ？」

さっちゃんは、黒い人影《ひとかげ》にたずねました。

「遊ぼうよ」と、その子が言いました。

さっちゃんは暗闇《くらやみ》の中に立つその子をじっとみつめました。さっちゃんと同《おな》

い年ぐらいの、ふっくらした丸顔の女の子です。緑色のワンピースを着ています。さっちゃんが、その子の心の中をのぞこうとすると、その子はクスクス笑《わら》いました。

「のぞいちゃ、だめだよ」

するとどうでしょう。さっちゃんがのぞいた心の中からも、クスクス笑う女の子が顔を出して「のぞいちゃ、だめだよ」と言うのです。

さっちゃんは、ちょっと驚《おどろ》きました。しゃべっている言葉《ことば》と、心の中がまるっきりいっしょなんてことはまず、ありえないことだったからです。

さっちゃんがびっくりするのを見て、その子は、またクスクス笑って言いました。

「ねえ、遊ぼうよ。あたしは、コトリちゃん。あんたの名前は？」

「……サトリのさっちゃんだよ」

さっちゃんが答えると、コトリちゃんは、うれしそうに笑って、うなずきました。

「遊ぼうよ。遊ぼうよ。お友だちもいるよ」

「え？　お友だち？」

さっちゃんは、広場の中をきょろきょろと見回しました。

すると、芝草《しばくさ》の周《まわ》りの桜《さくら》の木蔭《こかげ》から、あのピンクのウサギのぬいぐるみが、ぴょんと飛《と》び出《だ》しました。緑色のクマのぬいぐるみもノコノコ出てきました。最後《さいご》に、人間の大人の背丈《せたけ》ほどもある変身《へんしん》ロボットがコトリちゃんの後ろの木の蔭《かげ》から出てきました。

「あんたが、あやつってるんでしょ？」

さっちゃんは、コトリちゃんにたずねました。

「この子たちにはね、お友達《ともだち》も、お母さんもいないから、あたしが遊んであげてるの」と、コトリちゃんは、ニコニコして答えました。

「ねえ、サトリちゃんも、遊ぼうよ。遊ぼうよ」

さっちゃんは、どうしようかな……と考えこみます。
「うーん……。でも、何して遊ぶの?」
するとコトリちゃんが歌いだしました。
こーとろ　ことろ
どの子を　取ろか?
あの子を　取ろか?
あの子じゃ　わからん
この子を　取ろか?
この子じゃ　わからん
歌いながらコトリちゃんは、広場のまん中へ歩み出てきました。ぬいぐるみと変身《へんしん》ロボットも、みんなが歌いながら芝生《しばふ》の上に集まってきます。
コトリちゃんが変身ロボットと手をつなぎました。変身ロボットが緑のクマと手をつなぎました。緑のクマがさっちゃんの手を取りました。さっちゃんのもう片いっぽうの手をコトリちゃんがつないだので、コトリちゃんとさっちゃんとロボットとクマは輪《わ》になりました。ピンクのウサギが、両手で目隠《めかく》しをして、輪のまん中にしゃがみます。

ウサギの周《まわ》りで手をつないで、みんなはあの歌を歌いながら回りだしました。

こーとろ　ことろ
どの子を　取ろか?
あの子を　取ろか?
あの子じゃ　わからん
この子を　取ろか?
この子じゃ　わからん
ラン　ラン　ラン
石のじぞうさんの　言うとおり
うしろの正面　だあれ

輪《わ》が止まり、みんながいっせいにしゃがんだので、さっちゃんもひっぱられて、芝草《しばくさ》の上にしゃがみこみました。

ピンクのウサギの、ま後《うし》ろにしゃがんでいるのは、コトリちゃんです。

コトリちゃんは今にも口からあふれそうになるクスクス笑《わら》いを必死《ひっし》にかみころしながら変《へん》な声をあげました。

「コケコッコー!」

すると、緑のクマもロボットも口々にコトリちゃんのまねをして叫《さけ》びました。

「コケコッコー!」

「コケコッコー!」

コトリちゃんにめくばせで合図《あいず》され、さっちゃんも叫びます。

「コケコッコー!」

輪の中のウサギは、長い耳をぴこぴこ動かして、みんなの声を聞きながら、ま後ろにいる声の主をあてようとしているようでした。

やがて、ウサギはピンク色の両耳を、ぴこんとつっ立てて、叫《さけ》びました。
「コトリちゃん！」
ワッと、みんなが笑《わら》いました。
「あーたり、あたり。
コトリちゃんが、とーられた！」
そう言って、ピンクのウサギとコトリちゃんは交代《こうたい》しました。
今度は目隠《めかく》ししたコトリちゃんの周《まわ》りをみんなが回ります。
　こーとろ　ことろ
どの子を　取ろか？
あの子を　取ろか？
あの子じゃ　わからん
この子を　取ろか？
この子じゃ　わからん

ラン　ラン　ラン

石のじぞうさんの　言うとおり

うしろの正面　だあれ！

こうやって、コトリちゃんとさっちゃんとみんなは、後ろの鬼あてをして遊びました。

いつの間にかさっちゃんは鬼《おに》あてがおもしろくなって、夢中《むちゅう》で遊んでいました。みんなと輪《わ》になって回ったり、変《へん》てこな声で「コケコッコー！」って叫《さけ》んだり、自分があてる番になった時には後《うし》ろの正面にいるのがロボットだと、すぐに言い当てました。反対に自分が、緑のクマの後ろの正面になった時には、コトリちゃんの声のまねをして「コケコッコー！」って叫んでクマをだますのに成功《せいこう》しました。

どれほど遊んだころでしょう。さっちゃんは、ふと、桜並木《さくらなみき》の向こうの遊園《ゆうえん》地《ち》の光に目を向けました。

もう八時になるな……と思ったのです。

しかし、行方不明《ゆくえふめい》のおじいちゃんもおばあちゃんもマアくんも、マアくんたちを捜《さが》しに行ったパパやママやハジメくんや野中《のなか》さんも、だれも広場にやってくることはありませんでした。

〝小鳥広場〟は、〝森の国〟のエリアと〝水の国〟のエリアのまん中あたりにあります。広場から見わたすと、ファンタジー・タワーをはさんだ闇《やみ》のかなたに、〝光の国〟のエリアにそびえる大観覧車《だいかんらんしゃ》が輝《かがや》いていました。

その時です。

「あ……」

さっちゃんの目に、信じられない光景《こうけい》が映《うつ》りました。

輝く観覧車のすぐ横に、何か大きなものがムクムクムクとふくらんでくるのが見えたのです。だれかが思いっきり風船をふくらますときのように、その、何かは、どんどんふくらみ、どんどん大きくなっていきました。

さっちゃんには、すぐに、それが何なのかがわかりました。

「おじいちゃんだ……」

そうです。それは観覧車に負けじと巨大化《きょだいか》する見越《みこ》し入道《にゅうどう》おじいちゃんの姿《すがた》でした。

きっと今ごろ、巨大化するおじいちゃんを見て、お客さんたちは大騒《おおさわ》ぎしていることでしょう。

「……しぃらないっと……」

さっちゃんがそうつぶやいたときでした。

とつぜん、空がパアッと明るくなりました。

さっちゃんは、ハッとしてふり返ります。観覧車《かんらんしゃ》と反対側《はんたいがわ》にある、〝水の国〟のエリアに、花火が打ち上がったのです。

ポーン……と遅《おく》れて音がふってきました。

それからまた一つ、地上からヒュルヒュルと火の玉が空へのぼり、星くずを散《ち》らしたようにパアッとはじけました。

ポーーン！

また一つ、また一つ……次々《つぎつぎ》に遊園地《ゆうえんち》の空に花火が上がります。

ポーーン！　ポーーン！　ポ、ポーーン！

それは夏の間、毎晩《まいばん》八時に打ち上げられるファンタジー・パークの花火でした。

光の滝《たき》のようになだれ落ちる花火。星くずのボンボンのようにまあるくはじける花火、赤や黄や青に輝《かがや》く花火……。

夜空いっぱいに広がる花火の光で、あたりはもう、まばゆいばかりの明るさです。
さっちゃんは、思い出したように花火に向けていた目を、観覧車の方角に戻《もど》しました。しかし、もう、そこに、巨大化《きょだいか》した見越《みこ》し入道《にゅうどう》おじいちゃんの姿《すがた》は見えませんでした。
「あ……」
さっちゃんは、小鳥広場を見回しました。そこにいたはずの、ピンクのウサギも、緑のクマも、変身《へんしん》ロボットもいなくなっています。

でも、ぽつんと一人、コトリちゃんだけが芝草《しばくさ》の上に立って花火を見上げていました。

「みんなは、どこに、行ったの？」

さっちゃんがたずねると、コトリちゃんは空を見上げていた目をさっちゃんに向け、にこりと笑《わら》って答えました。

「みんな、自分たちの家に帰ったんだよ。だって、花火がまぶしすぎるからね」

「家って、どこ？」

さっちゃんは、もう一度質問《しつもん》しました。

また一つ、空に花火が打ち上がりました。

まあるくはじけた、ピンク色の星くずの下でコトリちゃんが言いました。

「あの子たちは、遊園地《ゆうえんち》の事務所《じむしょ》の裏《うら》のガラクタ倉庫《そうこ》の中に住んでるの。もう、ずっと前からね」

「なんで？　なんで、そんなとこに住んでるの？」

さっちゃんが聞きます。

今度は、銀色の大きな花火が、パアッと空で開いて、光の滝《たき》に変《か》わりました。

コトリちゃんが答えます。

「変身ロボはね、十年ぐらい前のヒーローショーの時に使ったお人形なんだよ。ショーの看板《かんばん》の横に立ってたの。人気があったから、ショーが終わってからも、しばらくは、〝光の国〟のゲームコーナーの入口に立ってたんだけど、いつの間にか倉庫にしまいこまれて、それっきり。

ピンクのウサギと、緑のクマはね、やっぱりゲームコーナーの景品《けいひん》だったの。でもさ、だあれも、もらい手がないうちに古くなっちゃって、あの子たちも倉庫にしまわれて、わすれられちゃったっていうわけ。

だから、あたしが遊んであげてるの。だって、みんなにわすれられちゃったまんまで放りっぱなしなんて、かわいそうでしょ？」

金色の花火が、大きな花のようにキラキラと夜空に開きました。

「あんたは、だれなの？」

さっちゃんは、じっとコトリちゃんをみつめてたずねました。コトリちゃんは、にこりとだまって笑《わら》いました。さっちゃんがのぞくコトリちゃんの心の中のコトリちゃんもだまってニコリと笑いました。

金色の花火がしぼんで、光が消えました。

コトリちゃんの姿《すがた》も、光といっしょに消えて見えなくなりました。

その夜の最後《さいご》を飾《かざ》るように、いくつもの花火がいっせいに空に打ち上がりました。
ポ、ポ、ポ、ポ、ポーンと、音が光を追いかけてひびきます。
色とりどりの光の花が闇《やみ》の中に開いてはじけ、しぼんで消えて、あたりは静《しず》まりました。

光の消えた夜空の下の遊園地《ゆうえんち》では、さっきより少し闇が濃《こ》くなったようでした。

さっちゃんは、夢《ゆめ》から覚《さ》めたような気分でポツンと広場の芝草《しばくさ》のうえに、たたずんでいました。

「おうい！　さっちゃあん！」

ヌラリヒョンパパの声が聞こえました。

さっちゃんがふり返ると、小鳥広場に入ってくるパパの姿《すがた》が見えました。

「あ……パパ」

他のみんなの姿は見えません。

「みんなは、みつかったの？」

さっちゃんはまっ先にそう聞きながら、闇《やみ》に輝《かがや》く大観覧車《だいかんらんしゃ》の方に目を向けました。巨大化《きょだいか》したおじいちゃんのことを思い出したのです。

もちろん、もうおじいちゃんの姿は見えません。

パパは、さっちゃんの前に歩みよって来て言いました。

「見つかったよ。おばあちゃんも、おじいちゃんも、それから、マアくんもね」

「おじいちゃん、巨大化してたよね？」

パパは深刻《しんこく》な顔になって、うなずきました。

「そう、まったく、危《あぶ》ないところだった。あのタイミングで花火が始まらなければ、遊園地《ゆうえんち》は大騒《おおさわ》ぎになっていたことだろう。花火の光のおかげで、巨大化した見越《みこ》し入道《にゅうどう》の姿はかき消された。あの姿は、いわば、おじいちゃんの見せる幻《まぼろし》なのだからね。幻は、まばゆい光の前では消えるしかないんだよ。

もちろん、巨大化した見越し入道を目撃《もくげき》したお客さんもいたが、あまりにもタイミングよく花火が始まったものだから、みんなどうやら、おじいちゃんのことも〝妖怪《ようかい》ナイト〟のアトラクションのしかけだと思ったようだ。

いやあ、本当に、ラッキーだった」

ヌラリヒョンパパは、ホッとしたように息《いき》をはきました。

「おばあちゃんは、どこに、いたの？　何か悪いことしてなかった？」

「うーん」と、パパは大きい頭をひねって考えこみました。

「思ったほどではなかったよ。もちろん、サメは全部食べちまっていたし、作りもののジャングルの木にぶら下がっていたバナナも木からもいで食べつくしたようだ。しかし、さすがに、プラスチックのサメやバナナでは、あまりおいしくなかったんだろうね。おばあちゃんは、口直しに、ファンタジー・バザール広場の屋台《やたい》でホットドッグを山ほど食べていたんだよ。そこを私《わたし》がみつけたってわけさ」

「おばあちゃん、山ほどホットドッグを食べるお金、持ってたの？」

パパは、でっかい頭を横にふりました。

「いいや。でも幸《さいわ》いなことに、そのホットドッグの屋台では閉園《へいえん》前の六十分限《げん》

定《てい》でイベントを毎晩《まいばん》やっていてね。もし、ホットドッグ三十本を三十分で食べきれたら代金がただになるのさ。もちろん、おばあちゃんにとってそんな挑戦《ちょうせん》はわけもないことさ。三十分どころか、三分三十秒の新記録《しんきろく》を打ち立ててホットドッグを完食《かんしょく》したもんだから、見物のお客さんは拍手大喝采《はくしゅだいかっさい》だったよ」

言葉を切ってパパは、もう一度ホウッと大きくため息をつきました。それから、またしゃべり始めました。

「マアくんは、ゲームセンターにいたよ。たいして悪いことはしていなかった。まあ、腕相撲《うでずもう》マシンの腕をへし折《お》ったようだが、これは仕方ないさ」

「何してたの？」

マアくんが悪いことをしていなかったと聞いたさっちゃんは、不思議《ふしぎ》になって聞き返しました。

「太鼓《たいこ》の名人とかなんとかいうゲームに夢中《むちゅう》になってたよ。テレビ画面に現《あら》われる指示《しじ》にしたがって太鼓をたたくんだが、マアくんときたらすごくうまくてさ。なんでも遊《ゆう》園地《えんち》はじまって以来《いらい》のスーパーハイスコアを記録《きろく》したらしいよ。マアくんの周《まわ》りは黒山の人だかりでさ、マアくんはみんなに感心されて鼻高々《はなたかだか》になっててね。まあ、イタズラする暇《ひま》がなくて

本当によかったよ。これでひと安心だ」

パパは三度目のため息《いき》をもらしてから、さっちゃんに言いました。

「みんな、今、あの観覧車《かんらんしゃ》に乗ってるよ。おじいちゃんには野中《のなか》さん。おばあちゃんにはママ。マアくんにはハジメくんが付《つ》いて、二人ずつ観覧車のカプセルの中にいる。そうしておけば、どっかに逃《に》げ出《だ》したり、行方不明《ゆくえふめい》になったりしないからね。さぁ、さっちゃんも行こう。パパと観覧車に乗らないかい？」

「あのね、パパ……」

そこでやっとさっちゃんは、ヌラリヒョンパパに、小鳥広場でさっちゃんが見た出来事《できごと》を話し始めました。

アジサイのやぶのわきに立っていたコトリちゃんという女の子のこと。現《あら》われた、ピンクのウサギと、緑のクマと、変身《へんしん》ロボットのこと。

みんなといっしょに、〝後《うし》ろの鬼《おに》あて〟をして遊んだこと。その時歌った不思議な歌のこと。

そして花火の光とともに、ぬいぐるみとロボットが消え、一人のこったコトリちゃんが、さっちゃんに教えてくれた話も、全部、パパに語って聞かせました。話を聞くうちに、だんだんヌラリヒョンパパの目は驚《おどろ》いたように大きく見開かれ、パパは何度も「ほう」とか「ふむ」とか「うむむ」とか言ってうなずきました。

さっちゃんが、とうとう一部始終《しじゅう》を話し終えると、パパはもう一度、大きな頭で深くうなずいて口を開きました。

「それは、じつに驚くべき話だね。この遊園地《ゆうえんち》で起きている出来事《できごと》の謎《なぞ》をとく、大きな手《て》がかりになるだろう。野中《のなか》さんに報告《ほうこく》して、さっそく、ガラクタ倉庫《そうこ》の中を調べてみよう。本当に、コトリちゃんが言った通り、倉庫の中にロボットと景品《けいひん》のぬいぐるみたちがしまってあるかどうか確《たし》かめないといけないぞ。しかし、それにしても、そのコトリちゃんという女の子の正体《しょうたい》はいったいなんなんだろうね？　その子が現《あら》われたのは、どの辺《あた》りだい？」

「あそこ……」

さっちゃんは、広場の隅《すみ》のベンチの奥《おく》に見えるアジサイの茂《しげ》みを指さしました。

「ほら、あの茂みの横……」

そう言ってからさっちゃんは「あれ？」と首をかしげました。

さっちゃんが指さすアジサイの茂みのわき、さっきコトリちゃんが現われたあたりに、何かが立っているようなのです。その何かは小さな子どもほどの背《せ》丈《たけ》でしたが、ザワザワとのびた夏草におおわれて、よく見えません。

「何か、あるようだぞ」

ヌラリヒョンパパも気がついて、茂みの方へ歩きだします。さっちゃんも、パパのあとについていきました。

パパが草むらをかき分けます。

「あ……」

パパとさっちゃんは同時に声をあげて、目を見張《みは》りました。

草の蔭《かげ》から現《あら》われたのは、古びた石のお地蔵《じぞう》さまだったのです。にっこりほほえむ、まあるい顔のお地蔵さま。体には一面に苔《こけ》が生え、緑色の服を着ているみたいです。

「コトリちゃんだ……。この子、コトリちゃんだ……」

「え？」

パパが驚《おどろ》いてさっちゃんを見ます。さっき歌ったさっちゃんの心の中に、さっき歌った歌がよみがえりました。

〝こーとろ　ことろ
どの子を　取ろか？

あの子を　取ろか？

あの子じゃ　わからん
この子を　取ろか？
この子じゃ　わからん
ラン　ラン　ラン
石のじぞうさんの　言うとおり
うしろの正面　だあれ〃

びっくりしてみつめるさっちゃんの目の前で、石のお地蔵さんはだまってニコニコほほえんでいます。さっちゃんが目をこらすと、お地蔵さんの心の中に、チラリとコトリちゃんの笑顔《えがお》が見えた気がしましたが、よくわかりませんでした。

闇《やみ》をゆらしてしめった風が吹《ふ》きわたりました。草むらが騒《さわ》ぎます。桜《さくら》のこずえがサワサワと歌います。アジサイの茂《しげ》みの中で鳴くスズムシの声がひときわ大きくひびく気がしました。

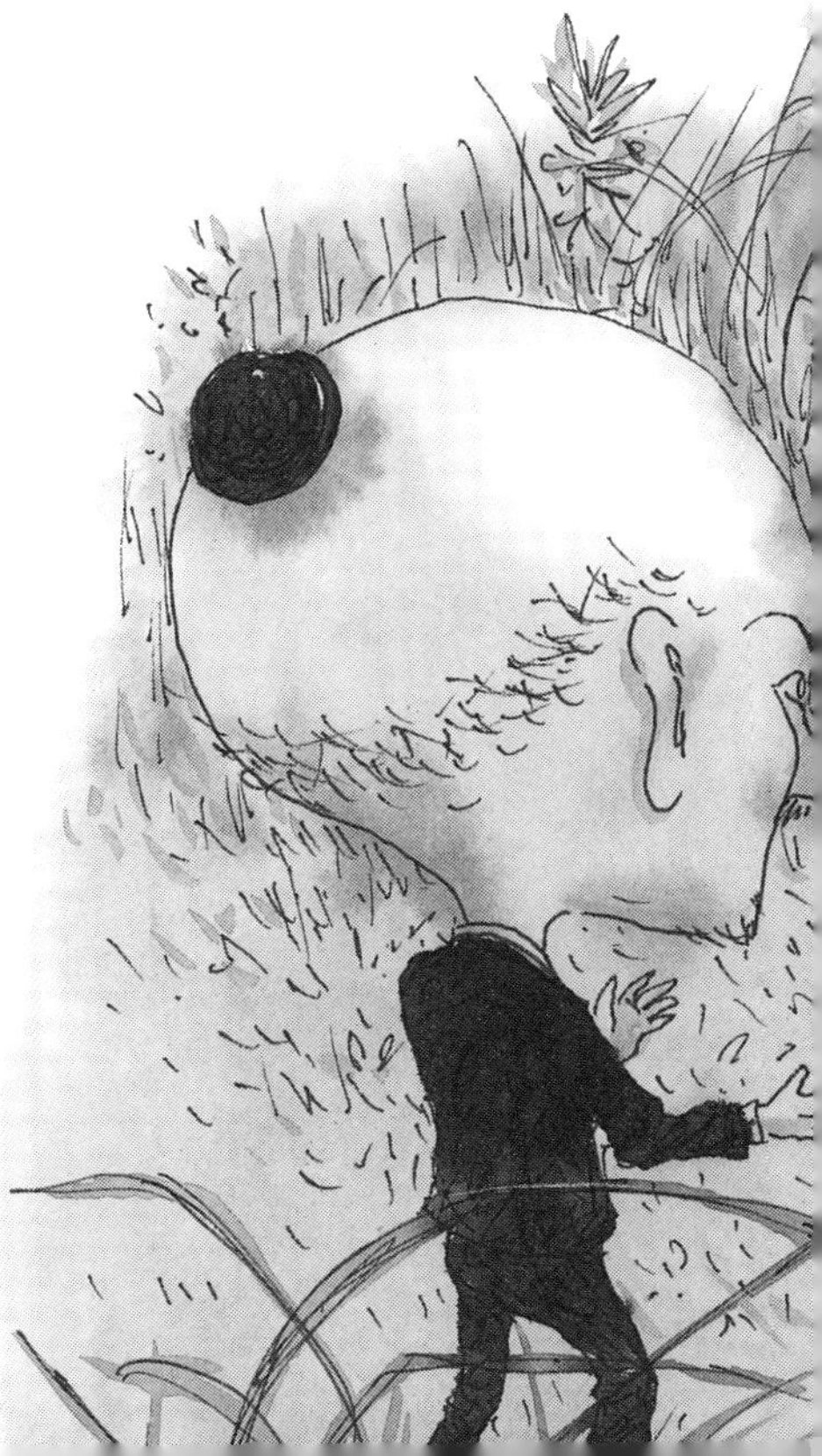

ファンタジー・パークの閉園《へいえん》を告《つ》げる〝ホタルの光〟のメロディーが、広場の入口のスピーカーから流れ始めました。

その日、ファンタジー・パークを後にする前に、ヌラリヒョンパパから報告《ほうこく》を受けた野中《のなか》さんは、遊園地《ゆうえんち》の支配人《しはいにん》といっしょに、ガラクタ倉庫《そうこ》の中を確認《かくにん》しました。

すると、さっちゃんがコトリちゃんから聞いた通り、たくさんのガラクタの山の中に、あの変身《へんしん》ロボットと、ピンクのウサギと緑のクマのぬいぐるみが押しこまれていたのです。

この三体のお人形は、証拠物件《しょうこぶっけん》として野中さんが事務所《じむしょ》に持って帰ることになりました。ウサギとクマは、トランクの中に入れられ、そしてでっかいロボットはバンの屋根の上の荷台にくくりつけられてね。

「せっかく、わしがでっかくなってやったのに、だあれも、びっくりせんかった」

見越《みこ》し入道《にゅうどう》おじいちゃんは、帰りの車の中でもずっとブツブツ言っていました。一世一代《いっせいちだい》の巨大化《きょだいか》を花火に邪魔《じゃま》されて腹《はら》を立てていたのです。

マアくんは、駄々《だだ》をこねています。

「太鼓《たいこ》のゲーム、ほしいよぉ！　太鼓のゲーム、買ってよぉ！　あのゲームが、ほしいんだってばぁ！」

ママはおこっています。

「いけません。マアくんは今日、ちっとも、おりこうじゃなかったでしょ？ゲームなんて買いませんよ。それどころか、当分、お夕飯《ゆうはん》ぬきですからね」

やまんばおばあちゃんは、あくびを一つ。

「ああ、お腹《なか》へっちゃったわよ。いろいろいそがしい夜だったものねぇ」

「おばあちゃん、食べすぎだよ」と、ハジメくんが、言いました。

ヌラリヒョンパパは、そんなみんなのおしゃべりを聞きながら、大きな大きなため息《いき》をつきました。遊園地《ゆうえんち》に大パニックが起こらなくてよかったと、ホッとしていたのでしょう。

さっちゃんは、車の窓《まど》から、遠ざかっていく遊園地の赤い観覧車《かんらんしゃ》をみつめていました。

『コトリちゃんに、また、会えるかな？』

さっちゃんは、そう思っていました。もう一度コトリちゃんと会って、またみんなで、後ろの鬼あてや、それから、ハンカチ落としや、缶《かん》けり鬼《おに》ごっこをしたら楽しいだろうな。と、さっちゃんは思ったのです。

コトリちゃんの正体《しょうたい》がわかったのは、それから二日ほど後のことです。女神《めがみ》さんがコンピューターを駆使《くし》して、ついにその正体をつきとめたのです。九十九《つくも》家のみんなに、そのことを教えてくれたのは、もちろんヌラリヒョンパパでした。市役所《しやくしょ》のお勤《つと》めから帰ってきたパパは、食卓《しょくたく》を囲《かこ》むみんなの前で、その話を切り出しました。

「コトリちゃんの正体が、やっとわかったよ」

さっちゃんが、アイスココアを飲んでいたコップから、パッと顔を上げました。

「コトリちゃんて、だあれ？」

やまんばおばあちゃんが首をかしげると、ハジメくんが言いました。

「ほら、遊園地《ゆうえんち》の小鳥広場で、さっちゃんが会った女の子だよ。この前、帰り道の車の中でパパが話してくれたでしょ？」

「わしゃ、そんな話聞いとらんぞ」と、おじいちゃんが言いましたが、パパはかまわず先を続《つづ》けました。

「まず、コトリという名前なんだが、それは、あの遊園地のある場所一帯《いったい》の、古い地名なんだそうだ。古くは〝小さな戸《と》の里《さと》〟と書いて〝小戸里《ことり》〟――。つまり、小さな家々が集まっている里というような意味だったらしい。大正時代から昭和《しょうわ》の初《はじ》めころまでの地図には〝小戸里《ことり》の荘《しょう》〟という地名が、はっきりと記されているんだそうだ。女神《めがみ》さんは、その小戸里の荘に〝小戸里寺《でら》〟というお寺があったことをつきとめた。そして、そのお寺の境内《けいだい》にお地蔵《じぞう》さまがまつられていたこともね……」

「おじぞうさま？」

さっちゃんが聞き返します。ヌラリヒョンパパはうなずいて先を続けました。

「小戸里寺は、やがて廃寺《はいじ》となり、なくなってしまったんだが、境内のお地蔵さまは、里の子どもたちの守り神として長い間大切におまつりされてきたらしいんだよ。〝小鳥地蔵〟と呼《よ》ばれてね。小さな鳥のコトリ。もうだれも、古い地名を覚《おぼ》えている人がいなくなってしまって、いつの間にか、小さな戸の小戸里が、小さな鳥の小鳥になっちゃったんだろうけどね」

パパは一息《ひといき》ついて、またしゃべりだしました。

「あそこにファンタジー・パークを作る時、その小鳥地蔵は敷地《しきち》のはずれの広場に安置《あんち》されることになったわけだよ。あの広場は小鳥地蔵をまつった広場だから〝小鳥広場〟という名前だったわけなんだ。でも、時がたつにつれ、みんなお地蔵さまのことはわすれちゃっていたみたいだね。支配人《しはいにん》も、あんな所に古い石のお地蔵さんがあったことなんて、ずっとわすれてたって言っていたらしいよ」

さっちゃんが口をはさみました。

「コトリちゃんが、ガラクタ倉庫《そうこ》のぬいぐるみたちのことを、かわいそうって言ってたよ。〝みんなにわすれられちゃったまま放りっぱなしなんて、かわいそう〟だって——。でも、本当はコトリちゃんもわすれられちゃったまま、放りっぱなしにされてたんだね」

パパがうなずきます。

「そう。……しかし、コトリちゃん……いや、小鳥地蔵《じぞう》はそれでも、いつも、あの広場から遊園地《ゆうえんち》に遊びに来る子どもたちを見守っていたんだよ。だって、お地蔵さまっていうのは、子どもを守るのが仕事だからね。この前の夜も、そうだ。ハジメくんが迷路《めいろ》で迷《まよ》って困《こま》っていたから、小鳥地蔵が緑のクマに道案《みちあん》内《ない》をさせたんだよ。さっちゃんが、おばあちゃんとけんかして一人ぼっちになったのを見て、さびしくないようにピンクのウサギをよこしてくれたんだろう。

マアくんは、ちょっと、わがままの度《ど》が過《す》ぎていたから、こらしめるために変《へん》身《しん》ロボットがつかわされたんだろうね。

つまり、ピンクのウサギと緑のクマと変身ロボットは、小鳥地蔵の使いだったわけさ。そして、さっちゃんが会った女の子のコトリちゃんは、まさに、その小鳥地蔵の分身だったということさ」

ハジメくんがうなずきます。

「そっかあ。あいつらは、お地蔵さまの使いだったのかあ……」

ヌラリヒョンパパも大きな頭でうなずき返しました。

「そう。今までの目撃情報《もくげきじょうほう》も、野中《のなか》さんがよく調べ直してみたんだよ。するとね、あいつらが現《あら》われていたのは、いつも、子どもたちがピンチの時だったと、わかったのさ。コーヒーカップに乗った子が目を回しそうになった時、観覧車《かんらんしゃ》のてっぺんで地面を見下ろした子があまりの高さにふるえだした時、ジェットコースターのスピードに驚《おどろ》いて、一人で乗っていた子が〝降《お》ろしてぇ！〟と泣《な》

き叫《さけ》んだ時――。そんな時、小鳥地《じ》蔵《ぞう》のお使いが現《あら》われていたんだよ」

「やさしいお地蔵さまねえ」と、ママが言いました。

「子どもを守るなんて言っているけど、さっちゃんたちは、子どもじゃありませんよぉだ。だって、妖怪《ようかい》なんだもん」

やまんばおばあちゃんが、そんな憎《にく》らしいことを言いました。きっと、さっちゃんに言い返された言葉《ことば》を覚《おぼ》えていたのですね。

ヌラリヒョンパパは、そんなおば

あちゃんを見て「ふふふ」と笑《わら》いました。

「小鳥地蔵は、さっちゃんたちが妖怪だと知っていたのかもしれないよ。知っていて、わざわざ、あんなことをしたのではないかなぁ……。妖怪なら、自分の正体《しょうたい》や、自分の思いに気づいてくれるはずだと思ったんじゃないのかな。だって、あの夜、小鳥地蔵の使いが現われ、さっちゃんが、お地蔵さまの分身に出会ったからこそ、今回の謎《なぞ》がとけたわけだからね」

「それとも、ただ、いっしょに遊びたかっただけかも」

さっちゃんが、ぼそっといって、大きく一つため息《いき》をつきました。

「ああ、楽しかったなあ。また、遊べないかなぁ……コトリちゃんと」

「そう、そう。もう一つ思い出したよ」と、パパが言いました。

「さっちゃんが教えてくれた、あの歌だけれどね、あれは、小戸里《ことり》の荘《しょう》の子どもたちの間に古くから伝《つた》わる遊び歌なんだそうだよ。これも女神《めがみ》さん情報《じょうほう》だけれどね。きっと、小戸里の子どもたちは、お寺の境内《けいだい》で、あの歌を歌って遊んだんだろうね。小鳥地蔵《じぞう》は、そんな昔をなつかしんでいたんじゃないだろうか……。子どもたちと遊んだ遠い昔を……」

ファンタジー・パークの支配人《しはいにん》は、小鳥広場の小鳥地蔵をもっと、ちゃんとおまつりすると約束《やくそく》したそうです。だって、子どもたちがたくさん集まってくる遊園地《ゆうえんち》に、その子どもたちを守ってくれるお地蔵さまがいてくださるとなれば、最強《さいきょう》ですからね。

パパは言いました。

「お地蔵さまをきれいにして、小さな祠《ほこら》をつくって、八月の終わりの地蔵盆《ぼん》には、小鳥広場でお祭りをするそうだよ。九十九《つくも》一家のお子さんたちぜひいらしてくださいってさ」

「やったあ！」と、さっちゃんが言って、ハジメくんとニッコリ顔を見合わせました。え？　マアくんは、どうしたのかですって？

マアくんはただ今、謹慎中《きんしんちゅう》です。一週間の夕飯《ゆうはん》ぬきの罰《ばつ》を受け、食卓《しょくたく》にはつけないのです。でも、ろくろっ首《くび》ママは、マアくんの部屋に、夕食のあと、おいしいおにぎりをさし入れてあげているのですけれど……。きっと、地蔵盆に出かけるころには、マアくんの謹慎もとけることでしょう。

やまんばおばあちゃんが、もう一度、念《ねん》をおすように横から口をはさみました。

「だから、九十九《つくも》一家のお子さんたちって、だれよ？　さっちゃんも、ハジメくんも、マアくんも子どもじゃないのにさ」

「わしも、地蔵盆のお祭りに行くぞ」と見越《みこ》し入道《にゅうどう》おじいちゃんが言いました。

「今度こそ、巨大化《きょだいか》して、みんなをアッと言わせてやる」

ヌラリヒョンパパがきびしくおじいちゃんに言いわたします。

「おじいちゃん。いいですか？　もし、また、遊園地に行きたいのなら、決して、絶対《ぜったい》、断《だん》じて、人間の前で巨大化なんてしないこと。それが守れないなら、おじいちゃんは家で留守番《るすばん》です」

「ふん」

おじいちゃんは、プイと横を向きました。

さっちゃんが言います。

「おばあちゃんもだよ。おばあちゃんも、アトラクションのしかけや、遊園地《ゆうえんち》に飾《かざ》ってあるものを食べたりしたら、だめなんだからね」

「ふん」

おばあちゃんも、そっぽを向きました。

ママが言います。

「マアくんも、これで、ちょっとは

反省《はんせい》したでしょう。きっと、もう、おりこうにできると思いますよ」

『やれ、やれ』と、ヌラリヒョンパパは心の中で思っていました。見越《みこ》し入道《にゅうどう》おじいちゃんや、やまんばおばあちゃんや、アマノジャクのマアくんが、そう簡単《かんたん》に言うことをきくようになるとは思えなかったのです。

しかし、まあ、とにかく、ファンタジー・パークで起きた怪《かい》事件の謎《なぞ》はとけました。

そういえば、野中《のなか》さんが持って帰ってきた証拠物件《しょうこぶっけん》は三つとも、今は九十九《つくも》さんの家にあります。

ピンクのウサギと、緑のクマは、さっちゃんの部屋に住むことになり、変身《へんしん》ロボットのでっかいフィギュアはマアくんの部屋の入口に立っています。

ピンクのウサギと緑のクマは、お人形のメメトちゃんともすぐに仲良《なかよ》くなりました。ウサギとクマの心の中には綿《わた》しかつまっていなかったんじゃないのか、ですって？

ぬいぐるみもお人形も、自分を大切にしてくれる持ち主と出会うと、ちゃんと心を持てるものなのですよ。

だからさっちゃんは今では、メメトちゃんとも、ピンクのウサギとも、緑のクマともおしゃべりができます。

ピンクのウサギの名前はモモエちゃんで、緑のクマの名前は、トモジロウというんですって。

そういえば、ヌラリヒョンパパが一つ、みんなに話すのをわすれていたことがあります。

昔、小戸里《ことり》村の小戸里寺《でら》では、境内《けいだい》で子どもたちが遊んでいると、いつの間にか知らない女の子が一人やって来て、子どもたちの遊びにまざり、またいつの間にか消えてしまうことがあったんですって。

その子に会った子どもは、幸せになれるとか、病気にならないとかいういいつたえがあったそうですよ。

もうじき地蔵盆《じぞうぼん》がやって来ます。

さっちゃんは、ファンタジー・パークの地蔵盆のお祭りに行くのを、とっても楽しみにしています。遊園地《ゆうえんち》の小鳥広場に行けば、またコトリちゃんに会えるのではないかと思っているのです。

ほら、さっちゃんがお人形たちと歌っているのが聞こえるでしょう？

こーとろ　ことろ
どの子を　取ろか？
あの子を　取ろか？
あの子じゃ　わからん
この子を　取ろか？
この子じゃ　わからん
ラン　ラン　ラン……

富安陽子（とみやす・ようこ）
1959年東京都に生まれる。児童文学作家。
『クヌギ林のザワザワ荘』で日本児童文学者協会新人賞、小学館文学賞受賞、『小さなスズナ姫』シリーズで新美南吉児童文学賞を受賞、『空へつづく神話』でサンケイ児童出版文化賞受賞、『やまんば山のモッコたち』でIBBYオナーリスト2002文学賞に、『盆まねき』で野間児童文芸賞を受賞。
「ムジナ探偵局」シリーズ（童心社）、「シノダ！」シリーズ（偕成社）、「内科・オバケ科　ホオズキ医院」シリーズ（ポプラ社）、「やまんばあさん」シリーズ「妖怪一家 九十九さん」シリーズ（理論社）、YA作品に『ふたつの月の物語』「天と地の方程式」シリーズ（講談社）など、著作は多い。

山村浩二（やまむら・こうじ）
1964年愛知県に生まれる。アニメーション作家、絵本画家。東京芸術大学大学院映像研究科教授。
短編アニメーションを多彩な技法で制作。第75回アカデミー短編アニメーション部門にノミネートされた「頭山」は有名。新作アニメーションに「マイブリッジの糸」。絵本に『くだもの だもの』『おやおや、おやさい』（福音館書店）『ゆでたまごひめとみーとどろぼーる』（教育画劇）、『雨ニモマケズ Rain Won't』（今人舎）『ぱれーど』（講談社）などがある。
www.yamamura-animation.jp

妖怪一家九十九さん
遊園地の妖怪一家

作者　富安陽子
画家　山村浩二
発行者　内田克幸
編集　芳本律子
発行所　株式会社 理論社
〒101-0062　東京都千代田区神田駿河台2-5
電話　営業 03-6264-8890　編集 03-6264-8891
URL　https://www.rironsha.com

印刷　中央精版印刷
本文組　アジュール

2016年 2 月初版
2020年12月第 2 刷発行

装幀　森枝雄司

ISBN978-4-652-20146-6　NDC913　A5変型判　21cm　150P

妖《よう》怪《かい》一家九《つ》十《く》九《も》さん シリーズ

富安陽子・作　山村浩二・絵

巨大団地に人間たちといっしょに暮らすことになった妖怪《ようかい》家族。

合言葉は「ご近所さんを食べないこと」。

妖怪《ようかい》一家九十九《つくも》さん

妖怪《ようかい》一家の夏まつり

ひそひそ森の妖怪《ようかい》

妖怪《ようかい》きょうだい学校へ行く

遊園地《ゆうえんち》の妖怪《ようかい》一家

●

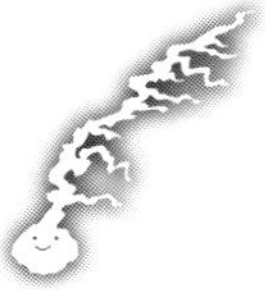

妖怪用心《ようかいようじん》 火《ひ》の用心《ようじん》

あなたの隣にもいるかもしれない妖怪《ようかい》に妖怪用心、火の用心！

九十九《つくも》さん一家が数え歌とともに絵本になりました。

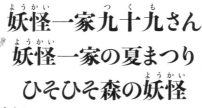